1 다큐멘터리 한국의 선인들

한국의 선仙인들 1

다큐멘터리

문화영 지음

수선재

책을 내면서

『선계에 가고 싶다』가 1997년 11월에 출판되고 나서 많은 변화가 있었다. 우선 '수선회樹仙會'라는 수련 동호회가 만들어져서 100여 명의 회원이 '선계수련仙界修鍊'에 동참하고 있고 '수선재樹仙齋'라는 수련 장소가 생겼다.

서울 종로구에 있는 '수선재' 상공에는 선계에서 보내온 안테나가 서 있고, 내부에는 현재 사룬성(Saroon星)의 성주星主로 있는 광개토 대왕이 보내온 기氣 방석이 설치되어 있다.

기 상태의 물건이므로 일반인의 눈에는 보이지 않지만 이 물건들은 선계수련에서는 필수적인 것들이다. 안테나는 주파수를 바꾸어주는 장치이고, 기 방석은 수련 시 원하는 우주의 모든 곳에 드나들 수 있는 우주선宇宙船의 역할을 한다.

선계수련은 선계의 기운으로 공부하는 수련이고, 선계의 주파수는 알파파장인 0.1 이하인 데 반하여 지구의 주파수는 베타파장인 7이므로, 주파수를 바꾸어주는 안테나가 없이는 우주의 기운과 메시지를 받을 수 없다. 방송을 청취할 때에도 안테나가 없이는 불가한 것을 보면 이 같은 이치를 쉽게 알 수 있을 것이다.

『선계에 가고 싶다』가 필자의 선계수련 체험기라고 한다면, 이 책은 선계란 어떤 곳인가, 선계에 갈 수 있는 방법은 무엇인가에 대하여 현재 선계나 우주의 타 별에 계신 우리 조상들과의 '인터뷰'를 통하여 제시한 책이다.

필자도 처음에는 우리 역사에 족적을 남기신 선조들 대부분이 선인仙人들이셨던 것을 몰랐었다. 심증만을 가지고 대화를 시도해본 결과 이분들이 상당한 위치에 계신 선인들이라는 사실을 알고 매우 놀랐으며 반가웠다.

이분들이 필자와의 대화에 응해준 것은 인간의 진화, 나아가서 우주의 진화를 위한 일에는 너의 일, 남의 일이 따로 없다는 인식 때문이었다.

더욱이 많은 논란의 여지가 생길 수 있는 이 책의 출판 계획을 알고 있으면서도 우주와 선계수련에 대한 많은 지혜와 지식을 기꺼이 전해준 것은, 언젠가는 이런 사실이 일반에게 널리 알려져야 하고 지금이 바로 그때라는 공통된 인식을 하였던 때문인 것 같다. 오랜 세월 동안 후손들에게 전하고 싶었던 '메시지'를 이 책을 통해 서로 내용의 중복 없이 말씀해주신 한국의 선인들께 진심으로 감사드린다.

이 책의 제목에 '소설'이 아니라 '다큐멘터리'라는 단어를 넣은 것에 대하여 라디오 다큐멘터리 작가의 한 사람인 필자는 다소 송구스러운 마음이 없지 않다. 다큐멘터리는 사실성과 정확성이 생명이기 때문이다. 허나 보이지 않는 세계인 '선계'에 대하여 어느 누가 사실 여부를 검증하고 과학적으로나 학문적으로 증명할 수 있을 것인가?

이 책의 제목과 목차만을 보고 필자를 나무라셨던 독자들께서 선계에서 보내온 '메시지'를 접하고 책을 덮는 순간, 필자의 무모함을 깊이 양해해주시기를 빌 뿐이다. 필자가 만나본 격암 남사고, 황진이, 이율곡, 신사임당, 세종, 이순신, 광개토, ○○ 대사, 정약용, 최치원, 김가기, 김대성, 화담 서경덕, 연암 박지원, 김시습, 토정 이지함 같은 선조들은 모두 상당한 수준의 선인이셨음을 그 분들이 전해준 말씀을 통하여 증명하고 싶을 뿐이다.

차례

1권

남사고 선인과의 대화

선조들의 행적

차례

2권

선조들의 행적

의선 허준과의 만남

황진이, 선악과를 말하다

프롤로그

선도 수련가 한 분이 자신의 저서에서 『선계에 가고 싶다』를 일독一讀할 것을 권하면서 "저자가 뚜렷한 자기 목소리나 내세울 만한 방편이 있는 것 같지는 않지만…."이라는 표현을 했다. 이 말은 필자가 위의 책에서 하잘것없는 내 의견보다는 선계의 통신을 소개했고, 선계의 스승이신 천강天降 선인仙人의 말씀을 주로 인용한 때문인 것으로 생각된다.

하늘의 글에는 천서天書와 본성本性의 말씀이 있다. 천서는 수련생의 그날그날의 진도에 따라 선계에서 일방적으로 내리는 글이고, 본성의 말씀은 일정한 주제에 대하여 질문하면 우주의 본체, 즉 본성이 대답하는 말씀이다. 그러므로 천서와 본성의 말씀은 다 같이 우주의 본체에서 나오는 말씀이므로 출처가 같다.

또한 이 글에는 선인들과의 문답이 많이 실려 있는데, 선인들은 이미 본성을 만난 분들이기에 그분들의 말씀 또한 본성의 목소리이다. 다만 선인들의 말씀은 본성에다가 각자의 개성이 추가된 것이라고 보면 된다. 선인들은 누구나 자신만의 세계를 지니고 있기에 그분들의 개성은 범인들의 것과는 비교되지 않을 정도로 독특하며 마치 산맥을 대하듯 무궁무진하다.

『황제내경黃帝內經』이라는 중국의 고대 의서醫書를 접해본 분들은 그 글이 '황제黃帝'라는 분이 질문하고 '기백岐伯'이라는 왕사王師 격의 신하를 포함한 명의名醫들이 답변하는 형식으로 쓰인 것을 알 수 있을 것이다.

황제는 고대 중국의 황제 '헌원'을 지칭하는 것으로, 중국의 삼황三皇에 들어가는 명名황제이고 의학뿐 아니라 모든 학문에 능통했던 대선인이셨지만, 이 책은 그 같은 형식을 취한 것이다.『황제내경』은 어느 한 사람의 글이 아니라 하늘의 글을 받아 적은 천서이기 때문에 독자들이 읽기 쉽게 하려고 그 같은 문답 형식을 취하지 않았나 생각해본다.

필자도 같은 취지에서『선계에 가고 싶다』와 이 책을 그 같은 형식으로 하기로 했다. 작가가 작품에서 여러 주인공의 입을 통하여 자신의 말을 전하듯, 이 책에 등장하는 분들의 말씀은 모두 개성은 다를지라도 본성의 말씀이자 선계, 즉 우주에서 내린 천서이다.

우주에서는 우주의 발전을 위한 일에는 책임과 권한의 구분이 없이 총체적인 발전 체제로 움직인다고 볼 수 있다. 그런 것을 너무나 잘 알고 계시는 선인들께서는 필자와의 인터뷰에서 중복되는 부분이 없이 각자의 영역에서 말씀을 해주셨다.

프롤로그

평소에 관심을 갖고 있었던 격암 남사고 선인에 대해서는 어느 날 갑자기 생각이 나기에 찾아보았는데 대화를 하는 과정에서 말이 술술 풀리는 바람에 원고의 양이 많아졌다. 중동의 레바논 남자같이 음영이 깊은 영적인 얼굴을 하셨고 말이 빠르고 달변이셨다. 그분이 전해준 '메시지'가 단연 압권이라는 생각에 앞부분에 실었다.

원고를 먼저 읽어본 한 수련생이 필자에게 "격암께서는 부처와 맞먹을 만큼 대선인이셨는데 왜 일반인에게는 그분의 존재가 잘 알려져 있지 않고 또 우리 역사에서는 큰 평가를 내리지 않는가?"라고 질문했다.

선인들이 지구에 오는 이유는 '공부를 하거나, 사명을 펴기 위한' 것이다. 지상에 온 목적이 사명을 펴기 위한 것이라면 발자국을 남기지만, 공부를 하기 위한 것이라면 이름을 남기지 않는다.

선인들은 이미 이름을 남기는 따위의 일에는 관심이 없으며, 겸손하셔서 자신들이 후손들에 의해 실제보다 과장되게 평가되고 있다면서 한결같이 무안해 하셨다.

남사고 선인과의 대화록을 통해 『격암유록』의 진위 여부와 선계와 선계수련, 선인들의 역할, 선인들이 지구 특히 한국을 고난도 수련 과정 장소로 택하는 이유, 천상에서의 천도재 광경, 단전이 '안테나'와 더불어 선계의 물건이라는 사실, 별들과 UFO가 선인들의 작품이라는 등의 놀라운 정보를 얻게 되기를 기대한다. 특히 그분이 전해준 화담 서경덕 선인의 진면목은 흥미진진했다.

황진이는 선인일 것이라는 기대를 하지 않았었는데 뜻밖에도 선인이었다. 그의 선계의 가족 중 일부가 현재 지상에 나와 있다는 사실과 가족 얘기, 기생이라는 직업을 통해 공부하게 된 사연, 선계의 등급 구분과 선계에서의 역할, 또한 그가 현재 선계에서 지족, 경덕 선인과 만나고 있다는 근황은 재미를 더해준다. 황진이는 자신을 사모하다가 죽은 총각의 상여에 옷을 던져준 이후, 자신이 선계 출신으로 지상에 공부하러 왔다는 사실을 깨달았다고 했다.

이율곡과 신사임당은 모두 대선인으로서 선계가 아닌 다른 별에 살고 계신다. 이율곡 선인은 영정과는 달리 무인풍의 외모여서 의아했는데 본래의 모습이라고 하신다. 조선 시대에 나오셨을 때는 성리학을 주장하던 편중된 기의 모습이어서 외모가 그러하셨다는 것이다. 학자답게 순리順理와 역리逆理에 대해 논하셨으며 왜 지구에서는 역리가 득세하는지에 대해 차근차근 설명해주셨다.

프롤로그

신사임당은 율곡 선인의 청에 의해 지상에 모자 관계의 인연으로 나오게 됐다고 하셨으며, 어려서부터 호흡법을 알아 일찍이 우주와 하나 될 수 있었다고 하셨다. 여섯 살 나던 해 따뜻한 봄날, 비몽사몽간에 여선인의 인도로 호흡법을 배웠으며, 이로부터 독학하여 율곡을 지도하기까지의 과정을 마치 한 편의 동화를 보듯 눈앞에 그려주셨다. 평소 신사임당에게 관심이 많았던 필자는 자연 질문이 많아졌고, 사임당 선인께서는 현모양처나 예술인으로서의 역할에 대해 답변해주셨다. 시詩, 서書, 화畵는 우주의 파장을 전하기 위한 도구였다는 말씀이셨다.

세종 대왕은 선계가 아닌 북극성 부근의 위리어성(Wirrer星)에서 선인으로 계신다. 그분이 지구에 태어났던 이유는 수련 겸 백성들의 교화의 기회를 가지기 위해서였는데, 그 시기에 능동적인 업적을 쌓고 돌아가셨다는 것이다. 필자가 대화를 시도하지 않았었는데 후에 자발적으로 나타나셔서 필자의 수련지도에 대해 충고해주셨고, 수련생의 진도에 따라 수련법을 상향시켜 항시 전달해주시겠다고 자원하셨다.

이순신 장군 역시 선계가 아닌 지구에서 1,600억 광년이나 떨어진 자류성(Zaroo星)에서 선인으로 계신다. 당시 그가 지상에 나왔던 임무는 지구에 내려와 전쟁(공격과 방어)에 관한 법을 알려주고, 이 와중에서 변천하는 사람들의 심성을 확인하는 일이었다고 하신다. 따라서 선인으로서 악인의 모함을 받는 등 고초를 겪었다는 것이다. 전쟁과 평화에 관한 견해를 말씀해주셨다.

광개토 대왕도 선계가 아닌 사룬성(Saroon星)에서 선인으로 계신다. 당시 그의 기운은 지구를 덮고도 남음이 있었으나, 지원 세력의 부족으로 그 정도에서 끝났다는 것이다. 이분들이 기인氣人의 형태로 살고 계시는 별은 기적氣的인 별들이므로 일반인의 눈에는 보이지 않는다. 광개토 선인은 선계 수련장인 '수선재樹仙齋'에 천만 명도 더 앉을 수 있는 기 방석을 선물로 보내주셨다.

○○ 대사는 뜻밖에도 선계가 아닌 영계에서 대기 중이셨다. 일찍이 대사라는 말에 치여서 공부를 끝내지 못했고 펴는 방법을 잘못 선택했었다는 것이다. 그를 거론하는 것은 그가 지상에서 몸담았었던 한 교단을 비판하자는 것이 아니라 하나의 사례로서 제시하고자 함이다. 그 역시 원래는 선인이셨던 분이며, 지상에서 선택하는 종교는 공부나 교화의 한 방편으로 택하는 것이므로 이 점에 대하여 독자들께서 널리 양해해주시기 바란다.

이율곡 선인도 원래는 선인이셨지만 지상에서는 당시의 역할과 상황에 따라 성리학을 주장했었던 것이다. 선인이 되는 길은 반드시 선계수련만을 통하는 외길은 아니며 자신의 일이나 각자의 수련에서 일가를 이루어 본성을 만나면 가능한 일임을 덧붙이고자 한다.

정약용 선인은 대학자의 풍모가 여전하셨다. 대화를 트고 보니 필자와는 전생에 알고 있었던 사이였다. 인간의 육신이 자신의 몸이 아니었다는 말씀을 하셨다. 사실 인간의 오장육부는 자신의 것이 아닌 하늘의 물건이며 순번에 의해 돌아가면서 사용하다가 육신을 벗으면 땅을 통해 하늘에 반납하는 것이다. 기는 유한한 것이기에 기가 응집되어 나타난 육신 역시 유한한 것이기 때문이다.

선비의 풍모가 여전한 신라 시대의 대문장가 최치원 선인도 필자와 안면이 있던 사이였다. 이런 분들은 지나치게 겸손하셔서 자신들의 지위나 지식에 대하여 한결같이 낮추고 계셨다.

김가기라는 분은 신라 시대의 도인이셨다고 하는데, 필자는 한 수련생이 궁금하다고 말하기까지 이분의 존재에 대해 모르고 있었다. 그런데 대화를 트고 보니 전생에 알고 지내던 사이였다. 역시 겸손하셨으며 선계에서 공부 중이라는 말씀이셨다.

김대성 선인은 필자가 석굴암을 구경하던 중 문득 선인이셨을 거라는 생각이 들어 만나보았는데 생각대로 선인이셨다. 앞으로 다시 지상에 나와 시간을 이용하는 4차원의 건축을 통해 신기원을 이룩할 새로운 문화를 만들어보고 싶다는 의견을 전하셨다. 그렇게 된다면 인류는 지상의 환경을 어지럽히지 않고 지구를 보존하며 생활할 수 있을 것이라는 말씀이셨다.

서경덕 선인은 남사고 선인의 격찬에 비하여 대단히 겸손하였다. 선계에서 속세의 인간들의 삶을 살펴보며 어떠한 가르침을 내려보내는 것이 좋은가 생각해보고 있는 중이라는 근황을 전해주셨다. 선계에 계신 선인들은 특별한 임무의 지정이 있더라도 항시 한때 인연이 있었던 지상의 사람들에게 알게 모르게 가르침을 내려보내는 일을 즐겨하고 계신다. 그러므로 지상의 수련생들이 꿈속에서나 비몽사몽간에 선인들을 만나 가르침을 전수받는 것은 실제 상황이며, 그런 일들은 이분들의 역할에 의한 것이다.

우리 조상 중에서 필자가 가장 좋아하는 문인인 박지원 선인은 생각대로 선인이셨다. 한데 작품에서는 호방하신 분이 다소 고지식한 외모여서 의외였으나, 실학자다운 면모를 보이시며 현세의 한국인이 나아갈 길을 제시해주셨다. 현재 한국은 기로에 서 있으며 약간 흥하는 방향으로 길이 잡혀 있기에 과소비를 건전한 소비로 바꾸고 생활태도를 고치면 난문제가 해결될 것이라는 조언이 있으셨다.

살아 계실 때 기인奇人의 면모를 유감없이 보이셨다는 김시습 선인은 생각보다는 꼼꼼한 외모이셨는데, 인간들이 세상을 살아가는 이치를 깨달아 선계에 올 수 있었다는 말씀이셨다. 인간 군상들의 살아가는 모습을 보고 우주를 알 수 있었다는 것이다. 우주는 넓고 큰 생각의 바다였고 우주의 그물에서 빠져나갈 수 없음을 선계에 와서 완벽히 깨달았다고 전하셨다. 공부의 끝이 없음과, 선계에 와서도 더욱 노력하여야 함을 알게 되었으며 인간이 인간의 한계를 벗어나는 길은 역시 깨달음밖에는 없다는 말씀이셨다.

필자가 격암과 더불어 관심을 많이 가지고 있었던 토정 이지함 선인도 추측대로 선인이셨다. 격암이 자연을 통해 우주를 알았다면 토정은 인간을 통해 우주를 알았다는 것이다. 당대에 이 두 분은 서로 교류하면서 공부를 익히고 완성할 수 있었다는 말씀이셨다. 토정께서는 자신이 이름을 낸 것은 자신의 공이 아니라 이름을 빌려준 경우일 뿐이라고 겸손하게 말씀하셨지만, 선인들은 원래 자신을 내세우는 일에는 관심이 없으시므로 그렇게 말씀하시는 것으로 이해하고 있다. 하실 말씀이 너무 많으시다기에 필자는 이분과 앞으로 오래도록 대화를 나눌 생각을 가지고 있다.

하늘에서 말씀을 내릴 때는 정확하게 받을 수 있는 사람에게 내리는 법이다. 따라서 격암이 『격암유록』을 쓸 때 한 신인神人으로부터 비서秘書를 전수받아 단지 기록한 것이라고 말하는 분들도 계시지만, 말씀을 받을 수 있는 사람은 전수하는 사람과 동격인 경우가 대부분이다.

우주는 파장의 세계이고 파장은 서로 맞아야만 텔레파시를 통해 주고받을 수 있기 때문이다. 따라서 상당한 수준의 선인과 텔레파시를 주고받을 수 있다면 전수받는 이가 이미 그 수준에 와 있는 경우에만 가능한 일이다. 이같이 파장을 맞추는 길은 수련을 통한 방법밖에는 없다.

남사고 선인과의 대화

남사고
南師古

1509~1571 조선 중기의 학자로 예언자이자 풍수학자이다. 호는 격암이며 경북 봉화 출생이다. 어릴 때 인연이 되어 만난 도승에게 역학비법을 전수받아 비술秘術에 정통하였고, 역학, 천문, 지리, 풍수, 복서, 관상 등 모든 학문에 두루 도통하여 예언이 꼭 맞았다고 한다. 천문을 이용한 예언으로 당대 최고의 명성을 얻었으며 명종 말년(1567)에 이미 1575년 조정이 동서 양편으로 분당될 것을 예언하였고, 임진년(1592)에 임진왜란이 발생할 것을 정확히 예측하기도 했다. 풍수지리학에도 조예가 뛰어나 전국의 명당을 찾아다니며 무수한 예언과 일화를 남겼다. 저서로는 『격암유록』, 『남사고비결』 등이 있다.

1

격암 남사고(1509~1571)는 조선 명종 때의 예언자로 『격암유록』을 집필하였다. 경북 울진 사람으로 알려졌으나 필자와의 대화 시 경북 봉화 출신이라고 말했고, 서손庶孫이 있다는 속설과는 달리 평생 결혼을 하지 않았고 가까이 지낸 여자가 없었다고 했다. 또한 『격암유록』은 알려진 바와는 달리 신인神人에게서 비서秘書를 전수받아 저술한 것이 아니라 격암이 직접 쓴 것이라고 말했다. 선계의 일원으로서 우주의 일부를 책임지고 있던 선인인 격암은, 우주의 업무를 처리하던 중, 좀 더 많은 경험과 수련의 필요를 느껴 수련에 적합한 별을 찾다가, 고차원의 에너지를 발생하는 지구를 택하여 오게 되었다고 전했다. 선계에서와 지상에서의 선인들의 역할, 그가 한국에 왔던 이유 및 지상에서 했던 공부의 내용이 구체적으로 언급되어 있다.

만나게 되어 반갑습니다. 『격암유록』은 선인의 지혜를 받아 적은 것이었으며, 이러한 과정은 선계수련으로써 가능하였습니다. 『격암유록』이 전하고자 하는 바는 속세의 백성들에게 삶의 지혜를 주고 앞으로 어떻게 살아나가야 할 것인지를 알려줌으로써 희망을 주고자 한 것입니다.

이러한 뜻이 제대로 전해지지 않고 일부 변경되고 희석되어 본래의 『격암유록』은 사라지고 원본의 뜻이 오도된 복사본들만 전해져 내려오고 있는 실정입니다. 당시의 백성들은 마음이 맑아 거의 천기를 바로 받을 수 있는 상태였으며, 따라서 하늘의 이치를 알 수 있었으나, 통로가 되고 해석을 할 수 있는 사람이 없어 전달받지 못하고 있는 상태였습니다.

난세에는 하늘에서 백성들을 구하고자 하므로 많은 구원자들이 나타나게 되어 있습니다. 하늘은 난세를 그냥 보내는 것이 아니라 난세를 통하여 인간에게 가르쳐주고자 하는 것이 있습니다.

이 가르쳐주고자 하는 것은 당대에 필요한 것도 있고, 수십 년간 필요한 것도 있으며, 수백 년간 필요한 것도 있고, 이 세상이 존재하는 한 필요한 것도 있는 것입니다. 구세주의 역할을 맡은 사람들은 작은 지식이든 큰 지식이든 자신이 하여야 할 바를 함으로써 역할을 다하도록 되어 있으며, 이 사명 중의 하나가 저에게는 『격암유록』을 써내는 것이었습니다.

저 이외에도 많은 선후배들이 세상에서 백성들이 갈 길을 알려주고자 많은 노력을 하였으며, 다른 선배들이 전달하고자 했던 지식들을 다시금 발굴하여 전달코자 하는 일도 있었습니다. 그러나 그 모든 노력들이 전부 결실을 본 것은 아니며, 그중에서 극히 일부가 대중에게 전달되었습니다. 이 전달된 부분도 일부는 각색되고 일부는 원본의 뜻이 오도된 것이 대부분인 것입니다.

이 하늘의 뜻은 진실로 하늘의 뜻을 알아야 할 사람만이 알 수 있는 것이며 이러한 하늘의 뜻이 발표되기까지에는 그전 단계에 수많은 지식의 조각들이 있는 것입니다. 『격암유록』도 최초로 나타난 것은 아니며, 그전의 다른 모든 것들이 저로 하여금 이러한 책을 집필토록 하였으며, 이전의 많은 책들이 있었습니다. 천기 해설을 한 책은 고조선 시대에 3권, 삼국 시대에서는 신라에 4권, 백제에 8권, 고구려에 8권이 있었으며, 조선 시대에 들어와서는 15권 정도가 있었습니다. 책 한 권에 들어 있는 내용은 한 지역에 대한 내용에서 전 나라에 대한 내용까지 걸쳐 있었으며, 시대별로 구분되어 적혀 있는 것도 있었습니다.

이러한 책이 발표되는 시점이나 장소 역시 하늘의 뜻이며, 이러한 하늘의 뜻에 따라 도道를 연구한 이들이 받아내는 것입니다. 도란 말 그대로 '가는 길'이며, 이 길을 통하여 백성과 나라가 '가야 할 길'로 가야 하는 것입니다. 『격암유록』은 그 내용상 하늘의 뜻이 전부는 아니나, 본질적으로 전하고자 하는 말은 그 안에 거의 들어 있으므로 공부한 사람이 새겨보면 알 수 있는 내용들인 것입니다. 그리고 그것은 공부를 한 사람만이 알 수 있는 내용들입니다.

2
수련하러 오는 사람들은 모두 천기와 관련된 이들

선계를 향해 인사하자 앞의 선인들이 양쪽으로 쫙 갈라지며 멀리까지 트이더니 한 사람이 걸어와 내게 인사한다.

남사고 선인, 어쩐 일이십니까?

오늘쯤 불러주실 줄 알았사옵니다.

어쩐 일이십니까?

선생님에 관한 일이옵니다.

제 일이라니, 무슨….

선생님께서 최근 하신 일 말이옵니다.

사람에 대한 문제 말씀입니까?

그렇습니다.

그게 그렇게잘못된 일입니까?

우주의 기운은 다 가는 길이 있사옵니다. 누구도, 설령 선생님이시라고 해도 그 길을 바꾸어놓으실 수는 없사옵니다. 더욱이 지상에 계실 때는 더욱 그렇사옵니다. 어차피 공부를 위해 내려가셨으며, 공부를 하시고 오실 것 아닙니까? 공부를 하는 도중에는 천기의 누설이 금지되어 있사옵니다. 따라서 수련에 관한 것만 가능하옵니다.

사람에 대한 일이 천기에 속하는 일입니까?

천기 중에서도 중요한 천기에 속하는 일이옵니다.

사람에 따라 다르지 않겠습니까?

그렇습니다. 사람에 따라 다르옵니다. 허나 의미 있는 사람이라면 천기누설에 해당되옵니다. 수련을 하러 온 사람들은 모두 천기와 연관이 있는 사람들이옵니다.

그렇습니까? 그러면 수련에 관하여 참고할 자료를 어떻게 수집하여야 합니까?

매일 내려오는 자료 중에 수련을 어떻게 하고 어떻게 시켜야 할 것인지가 나올 것입니다. 그 자료를 통하여 기준을 삼으시면 됩니다.

그렇습니까?

그렇습니다. 사람에 대한 정보를 잘못 사용하면 그 사람의 인생을 그르치는 경우가 있사옵니다. 따라서 사람에 대한 정보는 절대 정확히 내려오지 않습니다. 선생님의 안테나는 극히 정상이며, 수신 성능도 정상이나 사람에 대한 자료를 받으실 때 가끔 수신 중 감이 끊어지거나, 혼신混信이 오는 경우를 보셨을 것입니다.

감이 끊길 때는 파장이 끊기는 것이며, 혼신의 이유는 우주에서 그 파장에 잡음을 넣음으로써 본인을 보호하려는 것입니다. 우주의 입장에서 볼 때 인간은 모두 소중한 존재입니다. 이 소중한 존재가 스승에 의해서도 자신의 길을 감에 무언가 흔들림이 생기는 것을 막기 위한 것입니다.

사람의 미래를 관찰하기 위한 노력들이 모두 정확할 수 없는 것은 이러한 하늘의 배려 때문입니다. 저의 『격암유록』이나 토정의 『비결』이 모두 부정확한 것은, 당시 천기를 보고 기록하였다고 하나, 그때 보인 천기가 부정확하므로, 현실적으로 100% 정확할 수 없는 까닭입니다.

그러면 인간에 대해서는 눈 감고 있어야 합니까? 모두가 미래에 대하여 불안해하고 어떠한 보장을 받고 싶어 하는데 선생으로서 제자의 불행을 피할 수 있도록 도와주어야 하지 않겠습니까?

그것은 아닙니다. 인간의 미래에 대한 불안도 수련을 통하여 털어버려야 합니다. 선생님께서는 수련을 통하여 미래에 대한 불안이 없어지지 않으셨사옵니까?

그것은 맞습니다.

우주의 규칙은 우주 자체에서도 지켜져야 하는 것입니다. 따라서 누구라도, 설령 선생님이라도 그 규칙을 지키셔야 하옵니다.

그리하겠습니다.

정법은 정법으로 풀어나가셔야 하옵니다. 이 정법 때문에 우주가 유지되는 것이옵니다.

알았습니다. 모르고 한 것은 어찌 됩니까?

전혀 무관하지는 않사오나, 완전히 알고 습득하면 무관하게 되옵니다.

알았습니다. 그러면 남 선인의 『격암유록』은 몇 %나 진실입니까?

진본의 경우 30% 정도나 될 것이옵니다. 그 이상은 나올 수 없는 것이옵니다. 선생님께서 기존 사람에 대하여 알아보신 것 중 아주 정확한 것이 있는 반면, 정확도가 떨어지는 경우가 생긴 것은 우주에서 내려올 때 그리된 것이며, 다시 우주로 올라가면 100% 정확도가 나옵니다. 하지만 현재는 우주의 규칙에 철저히 따르셔야 하옵니다.

알았습니다. 다시 보십시다.

필자는 수련을 원하는 사람들에 대하여 인연 유무를 알아보고 있었다. 그 이유는 '선계수련'은 특별한 인연이 있어야 가능하다고 생각했고, 『선계에 가고 싶다』를 읽고 연락을 해온 분들 중 적지 않은 분들이 단지 호기심에서 수련에 대한 문의를 해왔기 때문이다. 이 생각이 겨암, 세종대왕, 자광 선인에 의해 잘못된 것임을 지적받고 지금은 수련생이 되고자 원하는 분들은 모두 받아들이고 있다.

3

선계를 향해 인사하자 앞이 트이며, 멀리서 한 사람이 인사한다. 남사고 선인이다.

본성을 만난 사람의 파장은 순식간에 전 우주에 전달되어 내가 어떤 생각을 품으면 그 즉시 해당 선인들이 나타난다.

남 선인, 오늘은 무슨 이야기를 해주겠습니까?

하늘과 땅, 즉 천지에 관하여 말씀드리겠습니다.

어떻게 되어 있습니까?

하늘은 땅의 상대로서 부피로 따지면 하늘이 땅보다 훨씬 많습니다. 그러나 서로 상대가 된다는 점에서 대등하게 취급됩니다. 이 하늘과 땅은 서로 합기合氣가 되었을 때만이 변화를 일으킬 수 있는 기운으로 바뀔 수 있으며, 이러한 합기가 되지 않고는 구체적으로 어떠한 일을 할 수 없습니다. 따라서 하늘이 땅의 기운 속에 있을 때는 이 기운을 가지고 인간이 이용하여야 어떠한 결과를 도출해낼 수 있는 것입니다. 하늘은 천기이며, 땅은 지기라고 알고 있습니다. 맞는 말이며, 사실입니다.

허나 이 양 기운이 서로 모여서 어떠한 일을 하는 것은 극히 힘듭니다. 부딪치면 서로 상극이 되므로 번개와 천둥이 되고 상호 간에 어떠한 합체를 하기 힘듭니다. 이러한 기운끼리의 상극을 조화로 이끌어내는 역할을 하는 것이 바로 인간입니다. 인간 중에서도 도를 아는 인간입니다. 따라서 일부 기운을 알고 도의 길에서 벗어난 인간들이 천지기운의 조화를 이끌어내어 술術을 부릴 수 있었던 것입니다. 그렇다고 해서 하늘이 자신의 뜻이 없는 것은 아니며, 땅이 자신의 뜻을 가지고 있지 않은 것은 아닙니다.

하늘도 땅도 자신의 뜻을 가지고 있으며, 자신의 뜻을 표현하기도 합니다. 이러한 표현이 상호 간에 밀접하게 이루어져 조화되었을 경우에는 인간이 알기 어려운 것입니다. 그러나 이것이 부딪칠 경우에는 천둥, 벼락과 같은 일이 생기는 것입니다. 원래 우주의 법도로서는 하늘과 땅이 인간 등 지구의 물체에 생사 등 어떠한 영향을 주지 못하도록 되어 있습니다. 허나 천지도 역시 감정이 있어 가끔은 부딪치는 일이 있는 것입니다.

이 천지간의 기운을 인간이 이용하려면 먼저 천지기운의 실체를 알고 이들과 의사소통이 가능해져야 합니다. 이렇게 되기 위해서는 이들의 파장과 동일한 파장을 사용할 수 있을 만큼 주파수를 낮추어야 합니다. 주파수를 낮추는 방법으로는 첫째, 자신이 스스로 수련을 하여 낮추는 방법이 있으며 둘째, 다른 사람이 낮추어주는 방법이 있습니다. 첫 번째 방법은 정통으로 공부하는 학생들이 이용하는 방법입니다. 단전호흡 등 수련을 통하여 자신의 몸이 천지기운과 조화를 이룰 수 있도록 바꾸고, 다음으로 정신 수련을 계속하여 자신의 뇌파와 천지기운의 뇌파를 일치시키는 것입니다. 가장 바람직스러운 방법은 선계수련에 관계되는 스승이나 제자들이 사용하고 있습니다.

두 번째 방법은 임시방편으로 죽은 사람이 살아 있는 자손에게 할 말이 있다거나 할 경우에 잠시 사용하기도 하나 바람직한 방법이 아니며, 대다수의 무당들이 이러한 방법에 이용되고 있습니다. 정통 선계수련에서는 인간의 인연에 간섭하는 것이 되므로 금기시되어 있는 방법입니다. 따라서 첫 번째 방법 위주로 말씀드리겠습니다.

그리하십시오.

호흡은 인간이 한 번에 천기와 지기를 모두 마실 수 있는 방법입니다. 천기와 지기를 자꾸 끌어들여 체내에서 조화시킴으로 인하여 이들과 하나가 될 수 있는 것입니다. 점차 이들의 기운을 감지하고, 받아들이다가, 이들을 선별하고, 처음에는 수동적인 의미에서 이들을 파악하다가 나중에는 능동적인 위치에서 이들을 이용하게 됩니다.

자신의 수준이 높아진 것이므로 천지기운을 이용한다고 하여도 이들의 불만이 없게 됩니다. 수련 중 천지기운의 감정을 건드리는 것은 이 양 기운의 법도를 역행하는 것으로서 제재를 받게 되는데, 이러한 경우 천벌을 받는다고 하는 것입니다. 천지기운은 평소에는 감정은 있어도 이것을 잘 표현하지 않으며, 따라서 인간의 감정으로는 이들의 변화를 알아내기 어렵습니다. 허나 점차 수련이 진전됨에 따라 이들의 감정을 알 수 있게 됩니다.

알았습니다. 명강의였습니다. 남 선인은 언제부터 이러한 천지기운을 배웠습니까?

인간으로 있으면서 변화된 것을 말씀드리겠습니다. 하늘은 원래 스스로 돕는 사람을 돕는다고 하였습니다. 어려서부터 하늘과 교류를 갖고 싶었고 이 방법이 가능하다고 생각해왔습니다. 이것을 실천에 옮긴 것일 뿐입니다.

알았습니다. 내일 다시 시작해보십시다.

그리하도록 하겠습니다.

4
욕심이 많으면 날숨을 길게

다시 시작하겠습니다.

그러십시오.

천지기운과 조화를 이루기 위해서는 자신의 기운을 천기에 가깝게 바꾸어야 합니다. 이렇게 바꾸기 위해서는 자신을 끊임없이 다듬어야 하는데, 이 다듬는 방법에 대하여 한번 알아보겠습니다.

어찌하면 됩니까?

네. 이 다듬는 방법 중의 하나가 우선 겉으로 나타나 보이는 몸을 단정히 하는 것입니다. 외면적인 이 복장 단정이 마음을 정갈하게 하는 데 영향을 주는 바는 많습니다. 옛 선인들이 항상 수도를 하고 있어도 복장을 단정히 하였던 것은 몸가짐을 잘 함으로써 몸에 때가 끼지 않도록 하였음에도 이유가 있으며, 몸에 탁기가 없어 원래 때가 끼지 않았던 것에도 연유하옵니다. 또한 선인들이 생활하는 장소가 워낙 맑고 건조한 곳이므로 기운이 맑은 데다가 선인들이 스스로 정화 작용을 할 수 있는 능력이 있으므로 그리되기도 하였습니다.

자체 정화 작용이란 어떠한 것입니까?

선인들의 경우 자신이 내부의 탁기는 물론, 주변의 탁기까지도 단전으로 정화할 수 있었습니다. 이러한 것은 의식적으로 하는 것이 아니며, 무의식적으로도 가능했던 것입니다. 사람이 항상 마음을 고요히 가지고 있으면 주변의 기운이 가라앉으며, 따라서 저절로 정화가 되는 것입니다.

속俗에서 수련생들이 영의 급을 높이고 선계로 들어가기 위하여 지켜야 할 것들은 어떠한 것이 있겠습니까?

여러 가지가 있습니다. 첫째, 마음을 가다듬어 자신의 주변이 정리되도록 하는 것입니다. 이것은 수련생으로서 가장 중요한 것이라고 할 수 있으며, 이 마음을 정리하는 것 역시 타인의 힘으로 하기보다는 스스로의 힘으로 될 수 있도록 여건을 조성해주면 되는 것입니다.

여건 조성의 방법으로 가장 좋은 것이 호흡입니다. 이 호흡 방법은 본인이 스스로 조절할 수 있는바, 자신이 생각하기에 욕심이 많다고 생각하면 날숨을 길게, 또 자신이 욕심이 너무 없어 공부에 대한 욕심마저도 없다고 생각되면 들숨을 길게 쉬는 것입니다.

이것은 체내의 산소량에 의해 기운의 외부적 발산력이 정해지므로, 산소가 충분하면 기운이 넘쳐 외부로 발산하고 싶은 생각이 드나, 이 발산이 다시 자신에게 필요한 것을 가지고 들어오게 되는 들숨으로 연결되므로 호흡으로 조절이 가능한 것입니다. 본인이 모르면 선생이 가르쳐주어야 되며, 따라서 이 과정에서 선생이 필요한 것입니다. 선생이란 모든 것에 대하여 선생이어야 하며, 이 중에서 호흡에 대하여 선생이 되면 90% 선생이라고 할 수 있습니다.

알았습니다.

5

오늘은 남 선인이 왜 지상에 나왔었는지 궁금합니다.

저는 선계의 ○등급으로서 선계에 있어도 발전이 가능합니다. 허나 선계의 일은 신속한 변화가 없으며, 단시일 내에 어떠한 효과를 시험하기에는 지구가 낫습니다.

선계에서 60여 년은 촌각이며, 이러한 시간 내에 할 수 있는 실험은 없습니다. 허나 지구에 와서 보니 여기서의 60년은 상당히 긴 시간이며, 다양한 실험을 해볼 수 있는 시간이었습니다.

저는 선계에서 다양한 시도를 하였으며, 그중에서 대표적인 것이 인간들에 대한 것입니다. 여러 인간이 있으며, 이러한 인간들이 제각기 다른 삶을 가지고 있는데, 이들의 삶을 분석해보면 같은 것이 하나도 없음을 발견하게 됩니다. 따라서 각자의 파장이 전부 다르게 나타납니다.

우주에서는 이렇게 다양한 파장을 발산하는 별이 거의 없으며, 규격화된 질서의 별들이 대부분입니다. 따라서 비교적 단순한 파장이 발생됩니다. 이 단순한 파장은 그 단순함으로 인하여 발전 속도가 상당히 빠릅니다. 상당하다는 것은 인류의 상상을 불허합니다.

지구의 인류가 사용하는 파장의 속도는 기껏해야 광속 이상 가는 것이 없습니다만, 우주에서는 이 정도 가는 것이 아주 기초이고, 단순한 파장의 발전 속도는 인간의 상상을 불허하는 면이 있기 때문입니다. 배가 유선형이면 빠른 것과 같은 이치입니다.

인간의 파장은 아주 복잡하므로, 이러한 파장이 발전 속도를 더디게 하는 면이 있으나, 이러한 면이 발전의 요인도 되는 것입니다.

상호 간에 의견 조율이 안 되는 경우가 많으며, 이러한 의견을 조율하기 위하여 인간들은 광속 이하의 속도 세계에서 살아야 할 필요가 있습니다.

인간의 능력으로 광속 이상의 세계로 들어가면 조치가 불가능하게 됩니다. 초전도 회로를 지녀, 거의 모든 선계의 '데이터'(전부 연결되나 신경 쓰지 않는 부분 및 연결되지 아니한 극히 일부 제외)와 동시 교신이 가능한, 즉 포괄적 전방위 교신 능력으로 우주 인터넷에 연동이 되는 두뇌를 가진 선인만이 자신의 뜻대로 우주에서의 행동이 자연스러운 것입니다.

따라서 인간의 능력으로는 아직 광속의 1/1,000도 계산이 나오지 않으며, 이러한 속도를 올릴 수 있는 능력을 주어도 통제가 불가능합니다.

그래서 선계에서는 인간의 힘으로 통제가 가능한 시스템을 주어서 인간의 각자의 파장이 지속적으로 발생되도록 하는 것입니다.

인간의 파장은 다양한 용처가 있습니다. 이 파장은 선계의 대부분의 물질과 연동이 됩니다.

알았습니다. 다시 만나지요.

6
오소리에게서 단전호흡을

오늘은 남 선인의 지상에서의 행적을 알아보십시다.

말씀드리겠습니다. 저는 조선 중기 경북 봉화에서 비교적 부농 집안의 5남 2녀 중 둘째로 태어나 풍족하게 자랐습니다. 어려서는 서당에 다녔으며 공부를 잘하였습니다. 신동이라고 할 것까지는 없으나 상당히 공부를 잘하였으며, 동네의 서당에서 책 2권 정도를 떼었습니다.

이 공부를 하던 중 하늘의 이치에 대하여 어렴풋이 알게 되었으며, 그 후 책을 놓고 있었는데, 이 기간 중 '진정으로 하늘에 관한 공부를 하고자' 생각하였던 것입니다. 부모님을 비롯한 가족들은 열심히 공부해서 과거를 볼 것을 기대하였으므로 제가 책을 놓자 실망이 컸었습니다.

그러나 혼자서 하늘을 알 수 있는 방법은 없었습니다. 그래서 그간 구한 이러저러한 책들을 가지고 산으로 들어가 그 책 속에서 하늘을 알 수 있는 방법을 찾아보았습니다. 가지고 있던 책 중에 얄팍한 두께의 『천지호결』이라는 책이 있었는데, 이 책의 내용

중 '단전호흡을 하여 경지에 오르면 하늘과 통할 수 있다'는 구절이 있어 단전호흡을 해보고자 했습니다. 그러나 주변에 그에 대하여 아는 사람이 없었습니다.

이러저러한 방법을 사용해서 여러 가지로 단전호흡을 연구해 보던 중, 하루는 대낮에 책을 보다가 잠시 쉬려고 제가 머물던 동굴 앞에 나오자, 한 마리 짐승이 자고 있는 것을 보았습니다. 이 짐승은 오소리와 같은 별로 크지 않은 짐승이었는데, 신기하게도 배로 호흡을 하면서 자고 있는 것이었습니다. 배로 하는 호흡이 상당히 편해 보였으며 제가 하는 흉식호흡과는 다른 것 같았습니다.

바로 동굴로 들어가 가만히 그 동물과 같은 자세를 취하고 호흡을 해보았습니다. 약간은 불편하였으나 점차 익숙해지면서 호흡이 가능해졌습니다. 다시 바로 누워서 해보기도 하고, 엎드려서도, 앉아서도 해보고, 서서도 해보았습니다.

이러한 다양한 자세를 이용한 호흡이 점차 가능하게 되면서 어느 자세를 취해도 호흡이 가능하게 되었습니다. 이 방법으로 기운에 대하여는 조금 알 수 있었으나, 이것을 모으고 운용하는 방법은 알 수가 없었습니다. 누군가 기를 운용하는 사람이 있다는 소식은 들었으나 실제로 하는 사람을 보지 못하였으므로 배울 수가 없었던 것입니다.

혼자서 여러 가지 방법을 연구하고 있던 중, 하루는 풀이 바람을 따라 눕는 것이 보였습니다. 자연에 인간이 적응해야지, 자연이 인간에게 적응하도록 바랄 수는 없다는 생각이 들었습니다.

7

자연에 적응하여 더 가까이 다가갈 수 있는 사람이 기운을 탈 수 있을 것 같다는 생각이 들었습니다. 최대한 자연에 가까이 가기 위하여 많은 노력을 하였습니다. 잠은 밖에서 잤으며, 먹는 것은 생식으로 해결하고, 몸에 걸치는 옷도 가급적 자연 그대로 입으려 했습니다.

추우면 추운 대로, 더우면 더운 대로 생활하다 보니 자연의 이치가 그대로 몸에 느껴졌으며, 이후 대자연의 섭리가 눈에 보이기 시작하였습니다. 춘하추동의 계절의 섭리, 남녀 간의 음양의 섭리, 지상의 만물을 지배하는 오행의 섭리, 해가 뜨고 지는 일출과 일몰의 섭리, 바람과 물결이 흐르는 방향의 섭리 등 모든 우주의 섭리를 헤아리는 데 수많은 세월이 흘렀습니다.

그동안 사람들과의 만남을 일절 끊은 채 오직 자연의 섭리를 캐는 데만 열중하였습니다. 음양을 알고, 오행을 터득하는 데만 6~7년이 걸렸으며, 이 모든 것을 자연과 함께하는 가운데 기운으로 터득한 것입니다. 이것으로 천지에 관한 것은 많이 알았다는 생각이 들었습니다.

이러한 단계에 이르고 나니 오히려 인간의 생활이 거추장스럽다는 생각이 들기 시작하였습니다. 자연 안에서 모든 것이 해결되는데, 인공으로 다양한 것을 구비하고 그 안에 스스로 갇혀서 생활하고 있는 모든 인간들, 그들은 편리를 구하고자 여러 가지 물건을 만들어 사용하고 있지만, 오히려 그 물건에 얽매여 자신의 삶이 점점 자연으로부터 멀어지고 있는 것입니다.

우리가 태어난 곳도 이 자연이며, 우리가 돌아갈 곳도 자연이고, 앞으로 우리를 다시 태어나게 해줄 곳도 자연인데, 인간들은 점차 자연으로부터 멀어져 자신들의 세계를 만들고 그 세계에서 안주하여 자연으로부터 벗어나려는 생각만 하고 있었습니다.

인간들이 만들어놓은 물질문명은 자연의 섭리에 역행하는 것이 많습니다. 자연으로부터 보호를 받는 것은 무관하나 자연의 이치를 뒤바꾸어놓으려는 시도는 결코 자연으로부터 받아들여지지 않습니다.

자연은 인내로써 인간들을 어느 정도 지켜보기는 하나 언제까지나 그냥 있는 것은 아닙니다. 자연의 종국적인 결론은 균형입니다. 자연은 원래 정해놓은 균형이 지켜지는 한 그대로 있으나, 그 균형이 어긋나는 순간 자연은 바로잡으려는 시도를 하게 되고, 그 시도는 반드시 성공으로 연결됩니다.

이러한 자연의 복원력은 언제까지나 지속될 것이나, 이러한 원리를 깨달을 때까지 인간들이 받아야 할 재해는 수없이 많을 것입니다. 자연은 그대로 유지되도록 되는 것이 도와주는 것이며,

그렇지 못할 경우 앞으로도 엘니뇨, 라니냐 등의 자연의 경고가 계속 있을 것입니다.

앞으로 자연에 적응하는 사람은 살고, 자연에 역행하는 사람은 승급하지 못한 채 본래의 자리로 돌아가야 할 것입니다.

8
우주에서는 선인과 영체의 등급이 겉으로 드러난다

저의 지구에서의 생활은 결코 쉽지 않은 일상의 연속이었습니다. 인간의 몸으로 갈 수 있는 한계에 가보았으며, 대단한 각오 없이는 중도에서 포기할 수밖에 없는 어려운 공부였습니다. 이 과정에서 인체의 약함과 강함을 동시에 알 수 있었습니다.

인간은 거의 미물에 가까운 면과 만물의 영장으로서의 면모를 동시에 지니고 있으면서, 동물에 가까운 속성과 선인에 가까운 속성을 함께 가지고 있었습니다. 다른 인간이 다른 속성을 가지고 있는 것이야 당연하다고 하겠으나, 동일한 인간이 각각 다른 속성을 동시에 가지고 있음은 저에게 상당한 불가사의 중의 하나였습니다.

자연의 이치를 공부한 다음에는 인간을 움직이고 있는 이러한 것이 무엇인가에 대한 공부가 이어졌습니다. 자연의 이치에 대하여는 나중에 다시 알아보겠습니다만, 인간의 속성에 대하여 잠시 짚어보고 넘어가겠습니다.

인간은 누구나 한 사람의 몸속에 극단적인 두 가지의 감정을 가지고 있을 수 있습니다. 선과 악이 공존하며, 적극적인 면과 소극적인 면이 공존하고, 어떠한 일을 좋아하는 면과 싫어하는 면이 공존합니다. 우주에서 이렇게 복잡한 사고구조를 가지고 있는 생물은 인간 외에 별로 흔치 않습니다.

우주의 인류들은 대체로 단순한 사고방식을 가지고 있으며, 어떠한 선인이나 영체의 등급이 외부에서 보아 알 수 있도록 되어 있습니다. 따라서 자신의 신분을 본래의 것과 어울리지 않게 속일 수 없도록 되어 있습니다.

따라서 허위로 자신의 신분을 알리려는 것은 불가능합니다. 누가 보아도 서로 상대의 등급을 알 수 있으므로 이러한 면에서 거짓이 없는 것이며, 진실만이 모든 것에 통합니다. 진실의 가장 중요한 요소는 있는 그대로를 상대에게 보여주는 것이며, 이것에서 출발한 진실은 거의 모든 부분에 통용됩니다.

거의 모든 부분이라 함은 우주에서 등급에 어울리지 않는 정보를 아는 것은 금지되어 있으므로 무자격자, 즉 등급이 낮은 자가 알 수 없도록 보안이 유지되는데, 이러한 부분을 말씀드리는 것입니다.

파장으로 결정되는 문제이므로 무자격자는 알려고 해도 안 되며, 또한 알 수도 없게 되어 있습니다. 알 수 없지만 설령 안다고 해도 사용할 곳이 없습니다.

지구인들과 만나는 우주인이 상당히 솔직한 것은 이들이 우주의 인류임을 의미합니다. 이들은 속이고 속임을 당하는 것이 없으며, 항상 있는 그대로 행합니다. 상대의 파장을 읽으므로 인간에게 속임을 당하는 경우는 역시 있을 수 없는 것입니다. 앞으로 지구에 인간의 영급보다 약간 우월한 우주 인류들이 자주 방문하고 서로 만날 것입니다만, 우주인에게는 진실만을 말해야 하며, 진실로써만 서로 대화가 가능함을 알아야 합니다.

상당히 말이 빠르고 달변이다. 이후 필자는 남사고 선인과 오래 대화하기로 결심했다.

9

남 선인의 지구에서의 행적에 대해 궁금한 점이 많습니다.

지구에서 특별한 행동을 한 것은 없습니다. 제가 공부하며 알아낸 것을 주변 사람들에게 가르침을 주는 과정에서 사람들이 기인奇人인 것처럼 이야기한 것입니다.

말이란 한 사람, 한 사람 건너가면 달라지는 것이며, 이러한 차이가 나중에는 침소봉대되어 아주 다른 말이 되어 버리고 하는 탓에, 저에 대하여도 구름을 부르고, 바람을 일으켰다는 등 전달에 있어 과장된 면이 있는 것이 사실입니다.

허나 제갈량이 동남풍을 이용하였다고 동남풍을 일으킨 것이 아니듯, 저 역시 천기에 대한 사전 지식을 약간 이용하여 이치를 알려주려 한 것뿐입니다.

인간의 우둔함은 가히 상상을 초월할 정도인 경우도 있었으며, 때로는 그 영민함에 있어서도 상상을 초월하는 경우도 있었습니다. 이러한 양극의 차이는 같은 인간끼리도 서로 분명히 긋고 살아야 하는 선을 만들어놓기도 하였습니다.

하늘은 이러한 인간들의 선을 없애 전부가 한울타리에서 공부하여 발전할 수 있기를 기대하나, 이러한 것 역시 인간계에서는 가장 어려운 것으로 보입니다.

인간의 다양한 파장은 우주 발전에 있어 여러 가지 기여를 하기도 하였으며, 앞으로도 그럴 것입니다.

지구에서 저의 가장 큰 스승은 우주와 자연이었으며, 몇 사람의 인간으로부터 지구에서 필요한 지식을 전수받았습니다. 인간계의 친구로서 가장 가까이 지냈던 사람은 토정이며, 토정 또한 지상의 인간에게 적용되는 이치를 쉽게 풀어내어 인간 생활에 도움이 되도록 하려고 많은 노력을 하였습니다.

저는 자연의 이치를 풀어 인간 생활에 적용시키려 하였으며, 토정은 직접 인간 생활에 적용 가능한 원리를 찾으려 하였으므로 상호 간에 도움이 될 수 있었습니다. 따라서 저는 하늘의 별과 달, 구름과 비, 나무와 풀을 연구하고 자연의 이치를 추구하였으며, 이 속에서 음양오행을 발견하려 하였습니다.

그러나 토정은 인간의 내부에서 천지자연의 이치를 발견하여 이것을 사람들에게 이해시키려 하였습니다. 출발점은 다르고 추구하는 바가 비슷하기는 하였으나, 어차피 자신의 일이므로 작은 면에서는 도움이 되었습니다. 그러나 커다란 문제 앞에서는 각기 노력을 하면서 길을 갈 수밖에 없었습니다.

지상에서 저의 일에 대하여 가장 큰 관심을 가지고 있었던 사람도 역시 토정일 수밖에 없었으며, 나중에 서로 연구 결과를 대조해 볼 때는 상당수의 공통점을 발견할 수 있었습니다. 인간으로 태어나서 가장 보람 있었던 시기가 바로 격암으로 태어났을 때이며, 이 시기는 토정과 만남으로써 빛을 볼 수 있었던 시기이기도 합니다.

알겠습니다.

10
공부의 마지막은 파장을 읽는 것

토정과 상호 간에 뜻이 통할 수 있었던 것 중의 하나가 천기를 읽고자 노력을 하였다는 것입니다. 나중에 알고 보니 토정 역시 선계에서 공부차 내려와서 같은 길을 가고 있었으므로 한결 부드러이 의논을 할 수 있었습니다.

인간의 모습을 하고 있는 사람들을 보면 다양한 등급이 있으며, 이러한 등급 중에서 몇몇 등급은 서로 대화가 가능합니다. 대화란 같은 언어로써 가능한 것이 아니고, 언어가 달라도 같은 뜻을 가지고 있어야 가능한 것입니다.

더욱이 선인들의 경우 파장으로 의미가 전달되므로 언어가 불필요한지라, 뜻, 즉 마음이 움직이는 방향만 같으면 얼마든지 길을 함께 갈 수 있는 것입니다. 이 지구에서의 생활은 항상 많은 노력을 들여 공부하는 시간의 연속이었으며, 이 시간 속에서 많은 수확이 있기도 하였습니다.

지구에서의 생활은 항상 한 치 앞을 내다볼 수 없는 생활이었으며, 따라서 앞날을 예측하기 위해서는 그 기반이 되는 지식을 위하여 많은 노력을 기울여야 했습니다. 저는 지구에서 보낸 시간의 약 50% 가까이 이것을 파악하기 위하여 보냈으며, 토정 역시 30여 년 동안 이것을 공부하기 위하여 보냈습니다.

이렇게 한 연후에 많은 것이 파악되었으나, 기실 인류에게 공표할 수 있는 것은 별로 없었습니다. 알아내기는 하였으나 이것을 무지한 민중에게 알려준다는 것이 그들에게 도움이 될 수 있을 것인가, 아닌가 하는 점에 관하여는 자신이 없었습니다.

사람마다 성격이 다르고, 생김새도 다르고, 취향이 달라서 그 구색에 맞는 것을 구별해낸다는 것이 쉽지 않았을 뿐만 아니라, 맞추었다고 해도 틀어지기가 일쑤인 까닭입니다. 토정은 인간사를 연구하여 이에 대한 결실을 구하였으나, 이 결실이 축소되어 세상에 발표되기에 이르렀습니다. 따라서 아주 중요한 것은 삭제해버리고, 중간 정도의 것들만 책으로 만들어놓았습니다.

저의 『격암유록』은 지도자급의 인간들이 인류의 미래를 읽어서 생활에 다소간의 보탬이 될 수 있을까 하여 만들어보았으나, 역시 중요한 것을 다 실을 수는 없었습니다. 대충 중요한 것을 선정하여 책으로 만들어보았으나 나중에 보니 별것 아닌 것이 되고 말았습니다.

허나 천기를 아는 사람이 본다면 상당한 도움을 얻을 수 있는 부분도 있으니, 그것은 책의 내용 자체가 아니라 책에 담긴 저의 파장을 읽는 것으로 가능할 것입니다.

누구나 공부의 마지막은 파장을 읽는 것이며, 이 파장 해독에 성공하면 우주 공부의 거의 전부를 하였다고 할 수 있는 것입니다. 파장은 그만한 값어치가 있는 것이며, 따라서 마음을 가라앉혀 호흡으로 공부할 수 있음은 대단한 혜택이라고 하겠습니다.

11
한 규수의 시선이 아직도 생생해

지구에서 여자관계는 어떠했는지 궁금합니다. 사랑하던 사람이 있었는지요?

잘 생각나지 않습니다만, 저를 마음에 품고 있었던 여자가 한 사람 있었습니다. 허나 말 한마디 해보지 못하고 헤어졌으며, 나중에서야 그 여자가 저를 좋아하고 있다는 사실을 알았습니다.

결혼은 언제 했는지요?

아닙니다. 14세에 한 번 결혼을 할 뻔하였으나 안 하고 지내던 중 지구에서는 기회를 못 잡고 말았습니다.

그러면 혼자 살았단 말인가요?

아닙니다. 자연과 더불어 살았으며, 자연 속에서 음양이 모두 존재하므로 기적氣的으로 보충이 되어 별다른 부족감을 느끼지 못하였습니다.

그랬습니까, 성장 과정은 어떠했는지요?

전에 말씀드렸듯이 부농 집안의 5남 2녀 중 둘째로 태어나 어릴 때는 별로 부러운 것 없이 생활하였습니다. 동네의 서당에서 신동이란 평을 들었으며, 배우지는 않았어도 다른 사람들이 배우던 책의 내용이 훤히 머릿속에 보였습니다.

당시 훈장께서는 여러 가지 책을 가지고 계셨으며, 그중에서 비교적 어려운 것을 제게 가르치려 하셨습니다. 하나는 『천자문』이고 다른 하나는 『주역』이었던 것 같습니다. 스승님께서 저의 갈 길을 어느 정도 짐작하시고 계셨던 것 아닌가 합니다.

『천자문』을 떼던 중 하늘의 이치를 어느 정도 파악하였으며, 『주역』을 보자 머릿속이 밝아지며 천지간의 이치가 전부 손에 잡히듯 보이는 것이었습니다. 이후 하늘을 보아도, 땅을 보아도 모든 이치가 보이게 되고 세상을 살아가는 사람들의 마음이 왜 저렇게 움직이고 있는가 하는 것이 보이게 되었습니다.

그 후로는 어떠한 사람을 보든지 간에 그 사람의 갈 길과 그 일의 결과가 훤히 보였습니다. 그러나 다른 사람들의 눈에는 안 보인다고 하므로 그 문제에 대하여 연구하던 중 저는 특별한 경우라는 생각이 들었으며, 따라서 이렇게 된 원인이 어디에 있는 것인지 알아보고 싶은 생각이 들어서 지구의 모든 것을 탐사하게 되었던 것입니다.

대자연과 더불어 함께 생활하면서 저의 갈 길이 있음도 알게 되었습니다. 인간의 미래는 하늘에서 정해주는 부분과 자신이 정해서 갈 수 있는 부분이 있는바, 대부분의 경우 자신이 정해서 갈 수 있는 길임을 알고 저 스스로도 놀랄 수밖에 없었습니다.

태어남과 죽음만이 하늘의 일이며, 누구로 태어날 것인가까지도 자신이 알아서 할 수 있는 일이었습니다. 다만 인간이 어리석어 그러한 문제를 신의 영역으로 생각해버리므로, 찾아 먹을 수 있는 자신의 몫을 찾아 먹지 못하고 있는 것입니다.

알았습니다.

12

한때 남 선인과 인연이 되었던 여자는 어떤 여자였는지요?

네. 제가 살던 동네의 한 선비의 딸이었는데 신동이란 소문이 나자 저에 대하여 동네의 딸 두신 분들이 관심이 많으셨습니다. 그래서 여러 분들이 사람을 놓아 저에 대해 알아보셨는데, 그중에서 현감을 하시다가 낙향하셔서 사시는 서모라는 한 선비의 딸이 있었습니다.

저보다는 두 살 연상으로서, 동네에서 잘 키운 딸로 소문이 나 있는 집이었습니다. 집에서 글도 많이 배웠으며 미모나 기타 어느 면으로도 뒤지지 않는 사람이었습니다. 다른 아이들이 하도 이야기를 하길래 저도 알고는 있었습니다.

허나 그 규수께서는 동네에서 상대가 될 만한 사람은 저밖에 없다고 생각하고 계셨던 것 같습니다. 자연 관심이 저한테 쏠리니, 상대방이 저를 보고 싶어 하였습니다. 그러나 저는 공부를 하는 중이므로 별로 생각지 아니하였습니다.

그러던 중 어느 날 생각에 골몰하면서 서당에 다녀오던 중 누군가가 길 한쪽에 서서 저를 바라보고 있는 것을 발견하였습니다. 그 규수가 시종을 데리고 오다가 저를 바라보고 있는 것이었습니다.

저와는 일면식도 없었으나 상대방은 저를 알고 있었습니다. 눈길이 심상치 않아 누군가 하였으나, 제가 다니는 길을 미리 알고 나와서 마주치기를 기다렸던 것 같았습니다. 당시 저는 생각에 취해서 그 규수가 누구인가 별로 신경을 쓰지 않고 지나쳤으나, 상대의 시선이 하도 심상치 않아 아직도 기억에 생생합니다.

그 이후로 여러 번 마주쳤으나 그때처럼 의미 있는 눈길을 받지는 아니하였습니다. 당시에는 제가 열네 살로서 여자를 알지 못할 나이였으나 상대방은 열여섯으로서 이성에 대하여 눈을 뜨는 시기였던 것 같습니다. 이후 마주칠 때마다 제가 워낙 목석 같은 행동을 하므로 상대의 관심이 외부적으로는 사그라진 것 같았으나, 마음속으로는 계속 관심을 가지고 있었다는 생각이 듭니다. 나중에 시집을 가면서 시종에게 저의 안부를 물었다는 이야기를 듣고서 그 낭자의 생각이 다시 떠올랐었습니다.

수년 후 그 규수가 결혼을 했다고 들었던 기억이 납니다. 그분과 결혼을 하였더라면 제가 하고 싶은 일을 하지 못하였을 것 같은 생각이 듭니다. 여성으로서 그 정도의 지식과 미모라면 무슨 일이라도 할 수 있었을 것입니다.

아마도 현대에 태어났더라면 한 가지 정도 큰일을 하였을 것이라는 생각이 듭니다. 당시 한두 번 마주쳤으나 범상한 여성이 아님을 알 수 있었고, 저의 마음에 남았던 단 한 사람의 여성이었습니다.

후에 아들이 참판인가를 하였다는 이야기를 들었습니다만, 노후에도 저에게 관심을 가지고 있었음을 가끔 고향 방문 길에 들을 수 있었습니다.

알았습니다. 남 선인은 참 행복한 생을 보냈다는 생각이 듭니다.

그건 잘 모르겠습니다.

13
천지 대자연이 모두 스승

남 선인에게 공부를 가르친 스승은 누구신지요?

네. 저는 여러 분에게 공부를 했습니다. 천지의 이치는 책에서 깨우친 후 제가 스스로 터득하였으므로, 자연, 즉 천지만물이 스승이라고 할 것입니다. 그중에서도 인간으로서 제가 도움을 받은 분이 있다면 서경덕 선생입니다.

이분에게서 제가 어릴 때 몸으로 익힌 것을 확인할 수 있었으며, 따라서 제가 배운 것에 대하여 확신을 가질 수 있었습니다. 선계에서의 등급은 저보다 한 수 아래였으나 지상에서의 공부 과정은 저보다 한 수 위이셨습니다.

지상에 내려와서 책을 통하여 지식을 쌓음에 게으름이 없었으며, 이러한 지적인 근면은 이론적인 기초를 확립할 수 있었으므로 선법仙法을 공부하는 여러 사람들에게 다양한 도움이 되었던 것입니다.

서 선생께서는 지상의 만물에 대하여 모르는 바가 없었으며 당대의 누구와 견주어도 뒤지지 않을 만큼의 지식을 가지고 있었습니다. 따라서 선법을 공부한 사람들이 여러 가지 의문을 가지고 있다가도 서 선생을 만나면 해결되고는 했습니다.

저의 경우 우주의 원리를 깨우치는 데 10여 년이 걸렸습니다만, 아마도 서 선생을 먼저 만났더라면 3~4년은 단축할 수 있었지 않나 생각합니다. 서 선생의 법리는 선법을 통한 진리였으므로 단 한 번에 명쾌한 답을 들을 수 있었던 것입니다.

저의 경우 지상에 내려와서 직접 지도해준 영계의 스승은 없었으나, 천지 대자연이 모두 스승이었으며, 이러한 스승들이 나중에는 영적인 도움까지도 주었습니다. 영적인 도움이란 어떠한 단계에서 막혔을 때 상당한 도움이 되곤 했습니다.

혼자 동굴 등지에서 고민에 고민을 거듭하면서 선仙으로 돌파하고자 했을 때, 항상 며칠 만에 답이 나타나곤 했던 것입니다. 당시에는 이러한 지식을 확신으로 바꾸는 데 어느 정도의 시일이 걸렸습니다.

아마도 서 선생을 조금 먼저 만났더라면 상당한 도움을 받을 수 있지 않았을까 생각됩니다만, 달리 생각하면 저의 공부를 다 끝내고 나서 서 선생을 만난 것도 인연이 아닌가 생각됩니다.

인간으로 있는 동안은 자신의 운세가 끊임없이 바뀝니다. 이 바뀌는 운세를 잘 통제하여 앞으로 순항할 수 있도록 하는 것이 수련자의 길입니다. 교체가 가능한 시기에 적정한 교체를 못 하면 그대로 얼마간 나가야 하는 것이 또한 인간으로 있으면서 겪어야 할 운명인 것입니다.

저는 속에서 영적인 면을 알려주는 대자연과 만났으며, 또한 이것을 확인할 수 있는 서 선생을 만나 공부를 굳힐 수 있었습니다.

그랬었군요.

14
모래 한 알이 솟아오르더니 "당신은 누구냐?"

『격암유록』은 어떻게 집필하게 되었는지 궁금합니다.

예. 제가 자연을 알고부터는 자연을 스승 삼고 벗 삼아, 자연의 채찍질을 받기도 하고, 도움을 받기도 하였으며, 나중에는 자연을 도와주기도 하였습니다. 처음에는 자연과의 대화를 트기 위하여 풀과 나무와 함께 지내기를 수년여, 아무런 언음도 없이 몇 년을 흘려보냈습니다.

자연은 자신과 동류가 되지 않으면 자신의 파장에 동조되는 것을 바라지 않는 것 같았습니다. 저는 잘난 인간이었으며 자연은 못난 상대였고, 비, 바람과 동식물은 인간을 위하여 존재하고 인간의 통치 대상이었으나, 다만 어떠한 일부의 면에서 인간이 어찌할 수 없을 뿐이라고 생각하고 있었습니다.

그저 마음만 먹으면 동시에 저의 것으로 만들 수 있는 단순한 것이라고 생각하였으며, 이러한 시건방진 생각이 지속되는 한 자연은 저에게 파장을 열지 않았던 것입니다.

자연과 우주를 별개로 생각하고 있었으며, 자연은 아무것도 아닌 소나 개, 풀과 나무 등일 뿐이며 내가 통제할 수 있는 대상으로 보았습니다. 이러한 자연을 깊이 생각한다는 것이 어쩌면 별 쓸데없는 것에까지 신경을 쓰는 것 같아, 일종의 사고의 사치가 아닌가 하는 건방지기 이를 데 없는 생각으로 매일을 보냈습니다.

이러한 생각이 머릿속에 가득 찬 채 자연을 상대하려 하니 자연이 저에게 마음을 열지 않을 수밖에 없었던 것입니다. 이러한 생각이 들게 된 동기는 인간이 만물의 영장이며, 인간에 의해 우주가 통치된다는 엉뚱한 사고방식에 중독된 것이 계기가 되었던 것입니다.

이렇게 된 것은 제가 본 책 중의 한 권에 인간의 중요성에 대하여 적어놓은 것이 있었는데, 이 책을 본 순간 저는 일종의 착각에 깊이 빠지게 되었습니다. 인간이 우주의 중심이며, 만물의 영장이고, 모든 것을 지배한다는 사고방식, 하느님이나 조물주는 인간이 통치할 수 있는 천지만물을 만드셨을 뿐이지, 그 후에는 무관하며, 인간이 모든 것을 다 처리한다는 생각, 인간을 위해서 모든 것이 만들어졌다는 건방진 착각은 제가 자연과 대화를 나누는 데 결정적인 장벽이 되었습니다.

이렇게 보내던 중 수년 후(아마도 7~8년 이상) 어느 날, 생각의 막힘을 다시 한 번 뚫어보려고 명상에 잠겨 있던 중 갑자기 모래한 알이 솟아오르더니 제게,

"당신은 누구냐?"

하고 물었습니다. 전혀 상상할 수 없었던 일에 당황하기도 하고 어처구니없기도 하여 잠시 머뭇거리던 중, 이 모래는 바위로 변하고, 지구로 변하여 저를 덮치는 것이었습니다.

눌려 버둥거리던 중 다시 보니 모래는 역시 모래였습니다. 허나 그때 다시 본 모래는 평소의 모래가 아니었습니다. 모래 한 알이 우주가 될 수 있음을 깨달았습니다. 모래 한 알에도 우주가 있음을 알게 된 이후, 그 잘났던 한 미물에도 미치지 못했던 저와 모래 한 알이 동일한 비중으로 다가왔던 것입니다.

15

그 이후 저에게 나타난 가장 큰 변화는 자신을 다시 돌아보는 것이었습니다. 자신을 돌아보고, 자신이 오직 미물에 불과하며 먼지 한 톨까지도 저보다는 위대함을 깨달아 스스로 자신을 낮추지 않을 수 없었습니다.

이들은 조물주의 작품이었고 모두 저보다 귀한 것들이었으며, 감히 인간이 이들에게 뭐라고 할 수 있는 그러한 존재가 아니었습니다. 인간은 그렇게 대단한 존재가 아니었습니다. 너무나 하찮은 존재였습니다.

먼지 한 알 그 자체는 별로 대단한 것이 아니지만, 그것이 대자연의 일부로 존재할 때는 대자연을 대표하는 것이었으며, 그 작은 부분이 대자연의 전체를 대표하고 있었습니다. 먼지 하나가 대자연을 그대로 표현하고 있었습니다.

어느 것 하나 쓸데없는 것이 없고, 어느 한 가지 필요 없는 것이 없었습니다. 이 세상에 필요 없는 것이 이렇게 많은가 생각하였던 것들이 모두 필요한 것들이었으며, 전부가 있어야 할 곳에 있는 것이었습니다.

이 자연의 이치를 당연히 받아들이게 된 이후 저는 풀 한 포기, 모래 한 알, 별 하나의 무게가 전부 동일한 값어치를 가진 것임을 알게 되었습니다. 완벽한 기운의 균형, 이것이 어긋날 때마다 다시 균형을 잡으려는 신속하고도 격렬한, 그리고 완만하면서도 조용한 움직임, 그 속의 일부로 존재하면서 전혀 한 점의 동요도 없이 자신의 자리에서 자신의 역할을 하고 있는 대자연의 구성 요소들….

하찮게만 보이던 이 작은 하나하나가 우주의 무게를 지니고 있었으며, 이들이 가진 것들은 전부 진리였습니다. 이러한 기운의 움직임은 우주의 어느 구석에도 미치지 못하는 부분이 없었으며, 어느 한 곳에도 소홀한 것이 없었습니다.

가볍거나, 무겁거나, 전부 우주의 일부로서 자신들의 역할을 다하고 있었으며, 그 움직임을 느끼고, 보며, 그 기운에 동화되어 체감하는 순간은 말로는 표현하지 못할 정도로 너무나도 장엄하였습니다.

우주였습니다. 그 작은 세계가 우주였던 것입니다. 저는 큰 것만이 우주인 것으로 생각하고 있었으나 아주 작은 그 속에도 우주가 있었던 것입니다. 대우주, 그냥 우주라고 부르기에는 너무나 큰 대우주, 은하의 크기가 한낱 티끌만 하게 느껴지는 그런 대우주가 있었던 것입니다.

시골 마을의 구멍가게 집 초등학교 다니던 아이가 서울 거리의 한복판에서 대재벌 회사와 공장을 바라보았던 느낌, 아마도 제

표현으로는 가장 비슷하게 말씀드린다고 하겠으나 이 놀람의 수억 배 정도의 크기로 다가온 놀람이었습니다.

깨달음의 시초는 이렇게 제게 다가왔습니다. 이것이 서막이었습니다. 그 이후의 세상은 모두가 달랐습니다. 지금까지 보던 세상이 아니었습니다.

16
자연의 존재를 인정하는 순간 그들과 대화가

진리는 먼 곳에 있는 것이 아니었으며, 바로 옆에 날아다니는 먼지나 저 자신의 발바닥에 묻은 때에서도 발견되는 것이었습니다. 이 세상의 모든 것이 진리였습니다. 이 진리의 숲, 진리의 바다에 있으면서, 저는 진리가 고귀하여 먼 어느 곳에 있는 것으로만 알고 있었던 것입니다.

어느 날 갑자기 현실에서 제가 가지고 있었던 장벽은 무너지고 어디를 둘러보아도 모두가 진리뿐인 세상, 진리의 바다…. 천지가 햇볕이었습니다. 온통 밝음뿐이었습니다. 순식간에 모두가 바뀌어버린 것입니다.

그러나 이 장벽을 깨기까지 제가 부딪혔던 수많은 의문은 저의 성장에 더없는 밑거름이 되었으며, 이 밑거름을 만들기까지 엄청난 에너지를 소모한 후에야, 저는 자신을 낮추고, 한낱 길가의 풀 한 포기까지도 더없이 소중한 의미를 지닌 우주 그 자체임을 알 수 있게 되었습니다.

이들의 존재를 인정하는 순간 마음으로부터 이들과의 대화가 열렸던 것입니다. 이들과 대화가 되는 순간부터 이들은 저의 스승이었습니다.

모래 한 알이 가지고 있는 역사는 우주의 역사였으며, 수억 년의 세월 동안 우주만물의 일부로 존재하면서 우주의 역사를 바라보고, 자신이 역사의 한 장을 쓰며 살아왔던 것입니다.

인간은 그 속에서 무엇이나 할 수 있으면서도 아무것도 하지 못한 채 세월만 축내고 있는 한없이 무능한 존재였습니다.

시간의 흐름은 대자연에게는 무한하나 인간에게는 유한하였으며, 이 유한한 시간의 흐름 속에서 자신이 유한한 존재임을 모르고 있는 인간들에게 무엇인가 제가 깨달은 것을 알려야겠다는 생각이 들었습니다.

그래서 제가 알고 있는 것을 세밀히 기록하기 시작하였습니다. 허나 아직은 시기상조였습니다. 저는 그 이상 아는 것이 없었습니다. 모래 한 알의 역사가 아무리 우주의 역사라고 한들 직접적으로 도움이 되는 것이 아니었습니다.

우주가 인간의 생활에서 차지하는 비율이 극히 낮았습니다. 동물적인 인간의 생활에서 중요한 것은 당장 먹고, 자고, 입는 것이었으며, 그 모든 것이 지구, 즉 우주의 극히 일부에 이미 존재하는 것들을 찾아 먹는 정도에 그침에도 불구하고, 인간들은 자신의 역량으로 만들어 생활하는 것으로 생각하고 있었습니다.

인간의 유한한 능력은 문제를 문제로 인식하는 단계에조차도 미달하는 것이었습니다. 한편 대부분의 사람들이 그러한 상태에 있는 줄 알고 있었으나, 이미 저에 앞서 저보다 많은 것을 깨달은 분이 계셨습니다.

17
선배 제현 중 단연 인물은 서경덕 선생

선계의 등급도 중요한 것이나 속俗에서의 경륜 또한 무시할 수 있는 것은 아니었습니다. 사람으로 태어나서의 경력 또한 대단한 것이며, 우주의 시간으로 보아서 촌각이라고 할 수 있는 한 갑자(甲子 : 60년) 남짓한 세월 동안에 얼마나 많은 것을 쌓고, 배우며, 익힐 수 있는가 하는 것을 알 수 있었습니다.

많은 선배 제현들이 계셨으나 그중에서도 단연 인물은 서경덕 선생으로서, 그는 인간으로 이미 천문 지리에 통달하여 가히 그 지식이 우주를 꿰뚫어보는 경지에 달해 있었습니다. 인간으로 있으면서 제가 가장 존경하였으며, 많은 배움을 받은 분이 바로 서경덕 선생이었습니다.

저 스스로 우주에 관한 많은 것을 알고 있었음에도 세상은 넓은 것임을 알게 해주셨으며, 그 짧은 삶의 과정에서 그만한 학식과 덕망을 쌓을 수 있었음은 정말로 경탄해 마지않을 경지에 다다라 있었습니다.

지식의 양이나 깊이로 볼 때 당대의 어느 누구도 그 경지를 따를 수 없음은 물론, 기존의 모든 지식을 통괄하여 그 이상 되는 분이 없었습니다. 기존의 서적에 없는 지식도 물으면 답이 나왔으며, 그 답 또한 검증할 것도 없이 정확하였습니다. 그 답이 정확함은 저의 경험과 지식으로 확인이 가능한 것이었습니다.

하루는 밤중에 나와서 별을 보며, 천문에 관하여 연구하고 있던 중 문득 오리 성단 4점 성대(사격 표적지와 동일한 방법으로 은하의 별의 위치를 계산하는 법. 맨 안쪽이 10점이며, 밖의 것을 1점으로 계산한다)의 별 하나가 빛을 잃어가는 것이 보였습니다.

이 별이 빛을 잃어가고 있는 것은 부속된 10여 개의 별에 영향을 미치며, 이 10여 개의 별에 미치는 영향은 다시 오리성과 오리 은하가 있는 오리 성단(수많은 은하가 모인 별 무리)에 영향을 주므로, 오리 은하에 당분간(2~3만 년간) 조정 활동이 일어나도록 하는 정도의 사건이었습니다.

지구에서 약 150억 광년 떨어진 곳에 있는 별로서 인간의 시각으로는 식별이 불가능한 별입니다만, 이 별은 저와 무관치 않은 별이므로 항상 천문에 관한 학습 시 수시로 상태를 확인하여 오던 별이었습니다.

성관법星觀法은 축기 후 하단의 기운을 중단을 통해 상단으로 끌어올려, 보고자 하는 방향으로 내쏘면 레이더와 같은 이치로 반사되어 돌아오므로 아주 먼 은하의 상태까지 상세한 확인이 가능합니다. 그러나 이 방법은 이미 천문에 통한 후 하여야 하며, 그렇지 않으면 어느 별이 어느 곳에 있는지 몰라 파장이 다른 곳으로 흐르므로 다른 정보를 읽어내게 되어 소용없게 됩니다.

오리성의 상태를 관찰하던 중 이상을 감지하고 다각도로 분석해보았으나 도저히 답이 나오지 않아 답답하였습니다. 지속적으로 다양한 방법을 사용하여 확인하여보았으나 역시 불가능하였습니다.

18
지구인 0.7%가 기인氣人

제가 이 별의 관찰에 실패하였던 이유는 이 별과 지구 사이에 광막廣膜이 생겨 기적氣的인 관찰을 방해하였기 때문입니다. 이 광막은 우주에서 어떠한 일이 생겼을 경우 타 별에서 해당 은하를 관찰 불가능하도록 하는 역할을 하고 있습니다.

이 광막이 형성되었을 경우 타 별에서는 당분간 이 은하나 별을 관찰하지 않는 것이 관례로서 인정되어 왔습니다. 한데 저의 경우 오리 성단과의 관계상 관찰할 수 있는 권한이 있었으므로 살펴보려 하자 이러한 일이 생긴 것입니다.

이러한 경우 외부에서 직접 현장(은하나 별)의 상태를 확인할 수 있는 방법을 가질 수 있는 사람氣人은 해당 별과 직접 관련이 있는 사람입니다. 오리 성단과 제가 관계가 있는 이유는 제가 수생生 전에 오리 성단에서 수련을 한 적이 있으며, 당시에 함께 갔던 선인들이 현재도 오리 성단을 벗어나지 못하고 계속 거주하며 수련하고 있기 때문입니다.

오리 성단, 가류 은하, 태오계(태양계와 같은 별의 집단)의 생물성

(生物星 : 몸을 가진 생물체가 거주하는 별) 중의 하나인 가리성은 전체의 16~17% 정도가 기인氣人으로 구성된 별로서 지구인 0.7%가 기인인 것에 비하면 상당히 진화된 별입니다.

따라서 가리성은 선인들이 수련을 위하여 종종 이용하는 별입니다. 허나 생물체가 5,000여 종으로서 너무 단순하여 다양한 면이 부족하고, 오직 맑음 하나로 유지되는 별이므로 번뇌에 집중적으로 빠져들 수 없어, 자신을 갈고닦는 데는 지구보다 도움이 덜 되는 별 중의 하나입니다.

지구의 경우 앞으로 다가올 문명의 위기를 극복하고 3만 년 정도 더 진화하면 이 정도의 위치에 가게 됩니다. 오리 성단은 별 7~20여 개로 구성된 작은 태양계가 3,000여 개 있으며 이 중 생명체가 거주하는 별은 대략 3,600~3,700여 개 됩니다.

이 중 지구와 비슷한 환경을 가진 별이 1,000여 개 있으며 50여 개는 지구보다 등급이 높은 별이고, 5개 정도는 상당히 수준이 높은 별이며, 기타 별들은 지구보다 낮은 문화 수준을 가지고 있는 별입니다.

허나 언제까지나 그런 것은 아니며, 점차 수준이 향상되고 있으므로 앞으로는 교대하여 임무를 수행토록 되어 있는 별입니다. 이렇게 저와 관계있는 별이 갑자기 관찰이 불가능해졌으나 저는 평소에도 있었던 일이므로 대수롭지 않게 생각하고 기다리려고 하였습니다. 일정 시일(자체 조정이 가능한 시간으로서 우주 시간으로 1time, 지구의 시간으로는 약 15개월 정도에 해당하는 시간)이 지나도 변동이 전혀 없었으므로 대단한 일이 발생한 것으로 알고 불안해지기 시작하였습니다.

이러한 일은 제가 우주를 알고부터는 좀처럼 없었던 일이므로 큰일이 생긴 것으로 알고 있었습니다. 성단 자체에서 해결 불가능한 일은 성단이 3~4개 모인 중성단에서 해결하도록 합니다만 아직 중성단이 개입할 여지는 보이지 않았습니다.

19

중성단中星團은 성단 3~4개가 모인 별의 집단으로서 성단 하나에는 은하가 55~360개 정도 됩니다. 오리 성단의 경우 전체 별의 숫자는 위성을 제외하고 약 45,000여 개로 구성됩니다. 위성을 포함하면 약 15만여 개로서 은하에서 자체 세력을 형성할 수 있는 초기 단계에 속합니다.

이 중성단에는 크고 작은 태양을 둘러싼 대·중·소 태양계들이 약 3,000여 개 있습니다. 이 중 소태양계는 별 7~20여 개로 구성되며, 중태양계는 별 21~50여 개로 구성되고, 대태양계는 별 51개 이상, 혹은 100여 개 이상으로 구성되는 경우도 있습니다.

대태양계의 경우 태양의 직경은 지구가 속한 태양계의 중심인 태양의 약 15~150배 정도 크기이며, 대태양계 태양의 핵의 크기가 지구 태양계의 태양의 크기와 동일하며, 태양의 활동 기간도 소태양의 10,000여 배 이상까지 갑니다.

빛은 핵이 광자를 직접 발산하는 직접 전달 방식(direct system)으로서 광도 및 전달 거리가 다릅니다. 이에 비하여 소태양계의 태양은 내부의 핵이 발산하는 빛이 외부에서 한 번 연소되고 그

연소된 빛이 전달되는 간접 전달 방식(indirect system)으로서 광도 및 전달 거리가 다릅니다.

지구가 속한 태양계는 반경 약 80억km 정도로서 소태양계에 속하며, 빛이 연하여 생물이 거주하기에 적합합니다. 우주에서도 몸을 가진 생명체가 거주하기 적합한 곳으로는 소태양계에 속한 곳들이 대부분입니다.

점차 진화 정도에 따라 중태양계 소속에서 대태양계 소속으로 옮아가게 됩니다. 대태양계의 경우 행성에 생물체가 거주하는 경우가 거의 없으며, 있어도 아주 가장자리에 약간의 생명체들이 대태양계 견학차 임시 거주하는 경우가 있습니다.

빛이 아주 강하여 몸을 가진 생물체보다는 기적氣的인 인간들이 자신을 정화하며 생활하기에 적합한 곳입니다. 이 대태양계의 경우 수많은 별들이 어지러울 정도로 사방에 존재하며, 내부는 전부 초강력 기적氣的 구성 분자로 구성되어 선인들이 어느 형태로나 변화시켜 사용할 수 있는 상태로 되어 있습니다.

따라서 별이 있어 공간이 아니고, 별이 없어 공간인 것이 아니고, 다만 어떠한 물질, 즉 별이란 유형화된 물질로 채워져 있느냐, 아니면 아직 어떠한 형태가 되기 전인 기적인 상태로 되어 있느냐의 차이뿐입니다.

따라서 기적氣的인 상태 이상의 인류가 거주하기에는 이러한 대태양계가 아주 편하나, 몸을 갖고 수련에 든 인류가 거주하기에는 빛이 연한 소태양계가 훨씬 낫다고 할 수 있습니다. 전부 기의 상태이므로 재충전이 필요 없으며, 항상 소모하는 대로 바로 충전되는 방식입니다.

선인들의 기 소모는 우주의 발전을 위해 사용되며, 탁기가 발생할 여지가 없게 되어 있습니다. 이러한 온도 즉, 섭씨 200~3,000여 도의 온도는 선인들이 생활하기에는 지구의 봄 날씨 정도로 아주 따뜻하게 느껴지는 날씨입니다.*

따라서 몸을 가진 생명체가 거주하기에는 아주 부적합하나, 이러한 빛이 멀리 가는 것이 아니고, 자신의 태양계 내부에서 더 나아가지 아니하므로 다른 태양계에 영향을 주지 않는 것입니다.

* 선계에 살고 있는 선인들은 영체의 형태로서, 타 기적氣的인 별에 살고 있는 선인들은 생명체가 아닌 기체氣體의 상태로 거주하므로 이런 온도에서 생활할 수 있다.

** 필자는 과학에 문외한이고, 남사고 선인의 말씀은 과학적으로 증명된 바 없음을 밝힙니다. 주로 기적氣的인 별들에 관한 설명이므로 기안氣眼이 열리지 않은 상태에서는 육안으로 보이지 않고 관측이 안 되므로 과학적으로 설명할 수 없습니다. (저자)

20
지구는 선인들의 고난도 수련 별

이러한 대태양계의 역할은 모든 물질에서 나오는 탁기를 근본적으로 없애고, 새로운 기운을 창출하여 온 우주가 맑은 기운으로 연결되도록 하는 데 있습니다. 이 대태양계에서 나오는 빛은 해당 태양계를 넘으면 나오지 않으나, 기운은 사방으로 뻗어 나와 중·소 태양계로 연결됩니다.

우주의 줄기를 이루며 흐르는 기운이 있는바, 이러한 기운의 대부분은 대태양계에서 생성되어 중태양계를 거쳐 소태양계로 전달되며, 소태양계에서 역할을 마친 기운은 그대로 다시 대태양계로 귀환합니다.

우주에서 기의 양은 항상 동일하므로 기운은 소모되어도 기운을 전달하는 입자는 다시 연결 통로를 따라 대태양계로 들어가게 됩니다. 사람의 몸에서 산소를 운반한 적혈구가 다시 폐와 심장을 통하여 인체의 각 기관에 산소를 운반하는 것과 동일한 이치입니다.

우주의 기운은 지속적으로 보충과 소모를 거듭하며 우주 전체의 진화를 돕고 있습니다. 우리 인간과 같이 몸을 가진 생명체의 경우, 대개 우주에서의 진화 정도가 낮은 소태양계에서 생활하는 것이 우주의 환경을 익히는 데 도움이 되고 있습니다.

우주를 익히는 초기에 대태양계와 같은 복잡한 구조 속에 들어가면, 개념 파악 이전에 우주의 복잡함과 광대함에 질려버리는 현상이 생길 것이기 때문입니다. 지구에 달이 3~4개 있다면 인류는 양극의 경험, 즉 아주 어두운 밤과 밝은 낮의 경험이 없을 것이며, 밤에도 항상 달이 두 개 정도 떠 있는 밝은 밤을 볼 것이므로 결코 진화에 도움이 되지 않습니다.

이 지구의 경우 선인들이 가장 고난도 수련 과정으로 간주하는 이유는 감정의 기복이 극단을 달리므로 이 과정에서 깨달음만 얻는다면 상당히 빠른 시일 내에 해탈이 가능하다는 것입니다.

허나 이 감정의 기복에서 빠져나가지 못하거나 그 달콤함에 안주한다면, 수없이 많은 세월을 끝없이 밀려오는 극단적인 괴로움 속에서 보내야 할 수도 있습니다. 이것이 일명 지옥이라고 말하기도 하는 것으로서, 인간의 몸으로 있으면서 받는다면 생지옥이라고 하는 것입니다.

정상적인 지옥은 인간으로서의 명을 다하고 그간의 생을 판단받아 가는 곳이 정상적인 것입니다만, 살아서 받아야 하는 고통은 그것에 비하면 더할 수도 있습니다. 몸을 가지고 있다는 것은 그만한 도움이 되기도 하지만, 그 때문에 더욱 고통에 시달려야 하는 경우도 있습니다.

생물체가 겪어야 하는 병도 한 가지 마음공부에 도움을 주는 요소입니다만, 이기지 못하면 생명을 빼앗겨야 하는 것과 마찬가지로, 그만한 배움은 그만한 대가를 요구합니다.

인간으로 온 선인들이 보통 인간의 기준으로 보아도 아주 이상한 행동을 하는 경우가 있습니다. 이러한 것은 자신도 모르게 내재한 자신의 기운을 이겨서 깨달음을 얻어 보라는 뜻이 담겨 있습니다만, 선인들이 인간으로 온 후 이러한 선인으로서의 본연의 뜻을 망각하고 인간의 삶에 빠지면, 자신의 대차대조표를 보지 않고 상업을 하는 것과 같은 결과가 될 수도 있습니다.

21

인간으로 온 뜻은 인간 세상에서 일어나는 모든 것을 겪어 배우고 이겨서 보다 더 큰 깨달음을 얻어 보라는 하늘의 뜻이 담겨 있음에도, 이것을 모르면 짐승과 같거나 아니면 짐승보다 더 못한 삶을 살게 되는 수도 있습니다.

이럴 경우 상당한 생을 깨달음이 있을 때까지 반복하여 보내야 합니다. 오히려 선인으로서의 격이 떨어지는 경우도 있으며, 심한 경우에는 등급이 현저히 하강하여 다시 선계로 복귀하지 못하는 경우도 있습니다.

지구에서도 다른 곳에 유학하여 성공하는 경우와 사람이 망가지는 경우가 있는 것과 동일한 이치입니다. 따라서 선계에서 왔다고 해서 다시 선계로 복귀한다는 보장은 없으며 반드시 열심히 노력하여 자신을 찾아야 하는 것입니다.

그것도 금생에 필요한 만큼의 지식을 알고, 그 이상을 취할 수 있는 자신을 만들어가야 하는 것입니다. 범인도 기적氣的으로 보아서는 전혀 다를 바 없으며, 다만 선계에서 등급을 받지 못하고 있었던 것입니다. 따라서 범인도 특이한 인연으로 선생을 잘 만나면 자신의 등급을 높여 선계로 입적할 수 있는 것입니다.

선계에서 온 선인과 지구에서 계속 생존을 거듭하였던 범인의 차이는 주어진 과제의 해결에 대한 결과가 다르다는 것입니다. 즉 선인은 선계로의 복귀와 더불어 선인으로서 승급되나, 범인의 경우 다음 생에 지구에서 약간 다른 삶을 살게 되는 것밖에 없는 것입니다.

범인의 경우 특별한 인연이 아니면 기회가 잘 주어지지 않습니다. 그러나 한번 선인이 되면 특별히 수련을 하여 자신의 등급을 높여 우주의 발전에 동참하려는 의지가 없는 이상, 수련 목적으로 태어날 필요가 없는 것입니다.

인간으로 왔으면 선인이라고 해서 외부적으로는 별다른 것은 없으며, 그 과정에서 얻어지는 배움에 대한 결과만이 다른 것입니다. 깨달음을 얻은 이후 인간을 벗어나서부터 달라지는 것입니다.

한국 사람이 미국에 가서 유학을 하고 오는 것과 마찬가지입니다. 다녀와도 배우지 못하고 오면 소용없는 것이며, 배우고 오면 그만큼의 발전이 더 있는 것입니다. 이러한 수련에 관한 것은 나중에 설명 드리고 우선 말씀드리던 우주에 관련된 부분을 더 말씀드리겠습니다.

위성은 태양과 같은 중심이 되는 항성의 주위를 도는 1차 행성과 그 주변을 도는 2차 행성으로 구성됩니다. (1차 행성 : 수성, 금성, 지구, 화성, 목성, 토성 등. 2차 행성 : 달, 타이탄 등) 각 은하의 중심에 있는 본 태양에서 가까운 은하일수록 중요성이 강하며, 여타 태양계에서는 각 은하의 임무에 따라 중요한 별의 위치가 정해집니다.

이 별들의 위치를 보면 해당 은하의 중요성이나 임무의 등급을 알 수 있습니다. 즉 지구에서도 사단장이 있을 때와 중대장이 있을 때의 대형이 다른 것과 마찬가지입니다.

22
선계의 기운을 끌어다 쓰려면 선계와 통신이 가능해야

지구에서의 일을 말씀드리던 중이었습니다만, 광막이 형성된 후 일정 기간이 지나서도 개지 않으면 차 상급 우주에서 조정 활동이 시작됩니다. 오리 은하의 경우 광막 현상은 대체로 3~8개월짜리 현상은 가끔 일어났습니다만, 이번처럼 1time(15개월)이 흐르고 나서 3개월 정도 더 시일이 흐른 18개월 후에도 개지 않는 경우는 별로 없었습니다.

이유를 몰라 궁금하던 차, 광막이 개지 않았음에도 그 광막을 뚫고 들어가는 기운을 보았습니다. 구름 속으로 빛이 통과하듯 그대로 뚫고 들어가는 것이었습니다. 저와 그리 멀지 않은 곳에서 기운이 쏘아져 올라가는 것을 본 순간, 그것이 오리성의 상태를 확인하는 것이라는 것을 알았습니다.

보통 사람의 눈으로는 안 보이며, 상당한 수련을 한 사람도 알아차리기 어려운 것입니다만, 저는 워낙 자연과의 호흡을 오래 해온지라 자연적이 아닌 인위적인 기운의 움직임에 대하여는 본

능적으로 알아차리는 단계에 가 있었습니다.

약 40여 리 밖에서 쏘아져 올라가는 기운은 제가 지금까지 본 기운 중 가장 강력하고 왕복 거리가 긴 파장이었습니다. 지상에서 이렇게 강력한 기운을 내보낼 수 있는 사람이 있다는 것은 전혀 상상 밖이었으며, 하나의 경이로움이었습니다.

기氣 공부를 한 사람이 보았을 때 아주 가늘고 약한 것으로 실제적인 효과가 거의 없을 것으로 보이나, 사실은 장거리 통신 파장으로서 우주의 끝까지 왕복이 가능한 '파워'를 가지고 있습니다.

이러한 파장은 근거리에서는 사용하지 않는 것으로 대개 100억 광년대 이상의 아주 장거리 통신에 사용하는 것입니다. 이러한 통신대를 사용하는 것은 수련을 한 사람은 누구나 가능하나, 전달 결과에 대한 확률이 떨어지므로 아무나 사용치 못하는 것입니다. 기운으로 보면 한 번 '확률 100'의 파장을 보내고 받는 데 약 10파넨(정상적인 성인 100명의 기운이 1파넨)의 공력이 사용되므로, 자신을 위해서는 사용해도 타인을 위해서는 좀처럼 사용치 않는 것입니다.

저는 앞에서 나타난 발기선(發氣線 : 기운줄이 발사되어 나가는 것)을 보고 가히 인간의 능력으로는 최상급에 달한 사람이 있음을 알았습니다. 인간이 기 수련을 하면 우선 자신의 주변 기운을 보게 됩니다. 이 기운을 보는 것만으로도 위난을 어느 정도 피할 수 있습니다.

이 기운의 범위가 점차 넓어지게 되고, 자신의 주변과 인근 지역을 덮고, 나아가 일국을 덮으며, 더 발전하면 전 지구를 망라하게 되는데, 이러한 기운을 형성하려면 지구에서의 수십 년을 한 번 누기漏氣 없이 수련에 정진하거나, 아니면 전생이나 선계의 기운을 끌어다 쓸 수 있어야 가능한 것입니다.

선계의 기운을 끌어다 쓴다는 것은 우선 선계와 통신이 가능하여야 하는바, 선계의 입새와 통신이 가능하기 위해서는 우선 기본적으로 10여 년의 수련이 있어야 합니다. 이후에 인가를 받고 다시 구조를 익혀 선계에 있는 각 부서의 임무를 알고 나서야 자료를 이용할 수 있는 권한이 주어지는 것입니다.

23
본류에 합류하여야 빠른 시일 내에 진전이 가능

선계의 구조는 단순치 않습니다. 보통 인간의 두뇌 300만 개 정도의 용량이 있어야 전체의 윤곽을 담을 수 있을 정도입니다. 지구라는 조그마한 별에서만도 한 도서관에 수백만 권의 장서가 있음을 감안하면, 우주의 정보량이 어느 정도인지 아실 수 있을 것입니다.

우주의 정보는 양적인 면에서 매우 많으나 어느 정도의 원리만 터득하면 찾아보기에는 상당히 쉽게 되어 있습니다. 논리적으로 모든 것을 확인할 수 있으며, 논리적으로 어느 것이든 찾아볼 수 있도록 되어 있습니다.

이 논리란 바로 기운의 흐름입니다. 기운의 흐름에 따라 모든 것이 풀리도록 되어 있으며 이러한 논리에 따라 모든 것이 정렬되어 있습니다. 기운의 흐름은 항상 방향이 일정하여 많은 곳에서 적은 곳으로, 높은 곳에서 낮은 곳으로, 진한 곳에서 옅은 곳으로 흐르도록 되어 있으며 이 흐름의 줄기에 속해 있으면 자동적으로 기운을 받을 수 있도록 되어 있습니다.

따라서 수련생의 입장에서는 어느 기운줄에 속하여 어떠한 기운을 받는가 하는 점이 상당히 중요한 것입니다. 속俗에서도 장자 상속이라는 제도가 있듯이 우주의 기운도 반드시 동일한 것은 아니며, 전체적으로는 동일하되 부분적으로 상세히 보면 본류와 지류가 있는 것입니다.

본류에 속하면 빠른 시일 내에 상당한 진전을 이룰 수 있으나, 지류에 속하면 아무리 노력해도 본류에 합류하는 데만 상당한 시일이 걸리는 것입니다. 한강의 하류에서 합류하면 바다와 가까우나 상류에서 합류하면 바다가 먼 것과 같은 이치입니다.

어느 곳에서 합류하는가 하는 것은 스승을 어떻게 만나는가 하는 것과 동일합니다. 정상적인 배움을 내릴 수 있는 스승을 일찍 만나면 빠른 시일 내에 본류에 합류할 수 있으며, 그렇지 않다면 지류에서 헤매다 그것으로 끝나는 경우도 있는 것입니다.

수련의 인연은 반드시 길을 따라 흘러서 가는 것은 아니며, 건너뛸 수도 있는바, 건너뛰는 과정은 자신의 집념과 그 집념을 행동화하는 의지로 인하여 발현됩니다. 도약 과정에 들기 위해서는 상당한 수련으로 비상할 수 있는 힘이 비축되어야 하는데 이 도약 과정에서는 혼자의 힘으로 가야 합니다.

스승은 항상 방향을 가르쳐줄 뿐이며, 가는 것은 제자인 것입니다. 자신의 공부이며 자신이 얻어서 자신의 것을 만드는 것입니다. 이 자신의 것을 만드는 과정에 가장 결정적인 영향을 끼치는 것은 정성입니다.

정확한 스승을 만난 후 배움에 대한 믿음으로 미친 것처럼 보일 정도의 정성을 가지고 수련에 임하는 것은 가장 가까이서 진리를 얻을 수 있는 길로 가는 것입니다. 선인으로 가는 가장 가까운 길로 드는 것입니다.

인간이 선계에 들 수 있는 가장 중요한 수단이 바로 정성이며, 이 정성은 자신이 스스로 노력하여 얻은 결과에서 나온 믿음에 근거할 때 가장 추진력이 큰 것입니다.

24
하늘에 나타난 초대형 궁전

선계에서 가장 중요한 것은 일념입니다. 일념으로 정진한다는 것은 가장 빠른 시일 내에 가장 훌륭한 결과를 얻을 수 있음을 말하는 것입니다. 이 일념의 가장 중요한 요소는 바로 잡념 제거입니다.

잡념의 제거는 오직 한 가지 생각을 할 수 있어야만 가능하며 이 한 가지 생각을 한다는 것은 여러 가지 생각을 하는 것보다 훨씬 힘든 것입니다. 운이 좋아서 본류에 합류하였다고 해도 방심하면 순식간에 지류로 밀리고, 지류로 밀리면 다음번 기회는 쉽게 오는 것이 아닙니다.

저는 자연과 더불어 자신도 모르게 수련을 하던 중 운 좋게도 본류에 바로 합류하게 되었습니다. 본류에의 합류는 이미 상당한 수련의 진척이 있어야 가능한 것임에도 자연 속에서 이미 천기를 읽은 것이 커다란 도움이 된 것입니다.

제가 읽었던 천기는 바로 우주기였으며, 다른 방법으로 수련을 한 것과의 차이는 너무나 컸던 것입니다. 따라서 일념에 들자 바로 우주의 본류가 보였으며, 이 본류는 순식간에 우주 그 자체의 기운줄에 연결이 되었던 것입니다.

제가 본류에 합류하는 데 필요한 기간은 불과 지상의 시간으로 1년 남짓하였으며, 따라서 일반 수련으로는 갈 수 없을 정도의 진도를 나갔던 것입니다. 전혀 일체의 소리가 들리지 않는 산중의 고요한 곳에서 수련에 들어 자연의 파장을 느끼던 중, 갑자기 주변의 모든 것이 바뀌기 시작하였습니다.

산이, 바람이, 풀이, 나무가, 내가 모두 하나로 바뀌어 저를 둘러싸기 시작하였습니다. 둘러싼 기운이 점차 빠르게 돌더니 저를 감싸고 하늘로 오르기 시작하였습니다. 정신을 차릴 수 없을 정도로 엄청나게 빠른 속도로 한없이 올라가던 중 어느 즈음에서 속도가 늦추어지기 시작하였습니다.

주변을 둘러보자 기운이 달라져 있었습니다. 어느덧 우주 본류의 기운에 합류되었던 것입니다. 우주의 본류에 합류하여 가만히 바라보니 허공에 떠 있는 상태에서 눈에 들어온 것은 대규모 궁전이었습니다.

아주 멀리 한 채의 궁전이 있었습니다. 하지만 너무 멀어서 크기를 가늠할 수 없었습니다. 궁전이지만 그 규모가 상상을 초월하는 정도로서 지상의 어느 건축물도 그 정도의 규모는 없었을 것입니다.

높이가 약 35km, 바닥의 폭이 2~3km 정도의 초대형 건물이었습니다. 허나 우주의 바닥에서 솟아올라 간 건물은 입구가 보이지 않았으며 그러한 건물이 있음을 알 수 있도록 보이기만 하였습니다.

구름 위로 솟아오른 건물의 위용은 단순하면서도 첨탑으로 장식된 면모가 단아하였습니다. 들어갈 생각을 않고 구름 위로 솟아오른 궁전을 바라보다가 들어가려고 문을 찾아보았으나 없었습니다.

당시 이미 어떠한 난관에 부딪히면 명상에 잠겨 우주의 파장을 읽어보는 버릇이 들었던 저는 가만히 눈을 감고 건물의 전체를 둘러보기 시작하였습니다. 외부에는 사람이 보이지 않았으나 내부에는 많은 사람들이 거주하고 있었습니다.

육체를 가진 저희와는 다른 기적氣的인 인간들이었으며 모두 건강한 기운을 유지하고 있었습니다.

25

어느 곳으로 들어가야 하는지 기운으로 레이더를 만들어 앞에 있는 궁전을 이리저리 돌리며 바라보자, 궁전이 저의 뜻에 따라 움직이는 것이었습니다. 제가 이리 보려 하면 이리 돌고, 저리 보려 하면 저리 도는 것이었습니다.

마음먹는 것만으로도 조물주의 반열에 들 수 있는 곳, 천지창조도 마음만 먹으면 할 수 있는 것이었습니다. 마음을 올바로 먹지 않으면 안 되는 곳이었습니다. 마음먹은 것이 즉시 외부에 표현되고 다른 선인들이 알 수 있는 상태로 변하는 것이었습니다.

선인이 아닌 객체, 즉 피조물의 위치에 있는 영체는 기운의 변화를 감지하지 못하고, 그 기운에 따라 피동적으로 움직일 수밖에 없는 상태에서 그대로 살고, 지내야 하는 것이었습니다. 궁전 안에 있는 많은 영체들은 자신들이 어떠한 힘에 의해 움직인다는 인식이 없이 그저 움직이고 있을 뿐이었습니다.

현재의 인간이나 기타 동식물의 의지는 우주의 움직임에 전혀 소용이 되지 않았으며, 피조물의 위치에 있는 영체는 아무런 생각도 없는 것처럼 보일 뿐 아니라, 그저 선인들의 생각에 따라 움직이는 것으로밖에 보이지 않았습니다.

마음의 움직임에 따라 움직임이 없어서가 아니라, 너무도 미미하게 움직이므로 선인들이 생각하는 바에 따라 외부적으로 변화가 나타나는 것에 비하면 전혀 움직임이 없는 것과 동일하였습니다.

몸을 가지고 있는 동안은 몸을 움직여서 하는 것에 대하여는 즉각 효과가 나타났으나, 정신적으로 하는 것에 대하여는 별로 기적氣的으로 나타나는 바가 없었습니다. 지상의 인간 세계는 저 멀리 유리를 통하여 보는 것과 같이 기적인 움직임이 전혀 느껴지지 않았습니다.

누가 어떤 생각을 하고 무슨 마음을 먹고 있는지는 그 사람의 기운의 움직임과 그 기운이 쏠리는 대상에 따라 변화하는 것을 보면 전부를 알 수 있었습니다. 생각하는 것과 나타나는 것이 별개가 아니고 생각하는 것이 그대로 나타나는 것입니다.

누가 한 것인지 모를 수가 없게 되어 있습니다. 언제 누가 한 것인지에 대한 정보가 입력되어 언제라도 누가 한 것인지 알 수 있도록 되어 있습니다. 일부러 그렇게 한 것이 아니고 기운의 변화에 대한 4차원의 확인 방법으로서 즉각 과거의 행적이 드러나도록 되어 있으므로, 이 세계에서는 누구나 즉각 알 수 있게 되어 있는 것입니다.

도무지 거짓이 없는 세계였습니다. 이러한 세계를 보고 나니 어떠한 생각도 함부로 할 수가 없었습니다. 도저히 수련을 더 하지 않고는 선계에 입적하겠다는 생각을 할 수 없었던 것입니다.

생각이 그대로 현실화되는 세계, 나의 생각은 물론이고 상대방의 생각까지도 전부 있는 그대로 드러나는 세계, 바른 생각으로 바른 행동을 하지 않고는 어떤 행위도 할 수 없는 세계였습니다.

한마디로 생각, 즉 마음이 완벽하지 않고는 도저히 갈 수 없는 곳이었습니다.

26
선계는 바닥이 없이 생각만으로 떠 있는 곳

보이는 사실을 확인하려 할 필요가 없으며, 있는 그대로 과거와 현재의 모든 것이 나타나 보이는 세계, 그냥 보는 것만으로 모든 것을 알 수 있도록 되어 있는 세계였습니다. 생각의 자유가 없는 것 같으면서도 생각하는 대로 이루어지므로 모든 것이 가장 자유로운 세계였습니다.

어떠한 일을 생각하면 그 생각대로 모든 것이 움직이는 세상, 생각이 지배하는 세계, 생각하는 대로 실현되므로 별도의 노력이 필요 없으며 따라서 불완전한 인간의 사고로서는 가장 무서우면서도 선인으로서는 가장 보람을 느낄 수 있는 세상.

허나 그곳에 있는 선인들의 입장에서는 인간적인 의미의 보람을 느끼는 것 같지는 않았습니다. 그 세계에서는 그러한 것이 정상이며, 일상적인 일이므로 마땅히 그렇게 되어야 하고, 생각을 비정상적으로 하는 것은 전혀 있을 수 없는 세계였습니다.

한 점의 생각도 어긋나지 말아야 하는 완벽의 세계이면서도 그러한 상태가 지극히 정상적인 곳, 완벽한 인간만이 가야 하는 곳, 완벽한 생각으로 자신의 모든 것을 통제할 수 있는 선인들만이 있을 수 있는 곳이었습니다.

완벽한 사유에서 조금이라도 어긋나기만 하면 어긋난 생각의 정도에 따라 한없는 나락으로 떨어질 수도 있으나, 선계의 선인들은 전혀 그러한 위험이 없는 듯이 정상적이고 긍정적인 생각만 하고 있었습니다.

선계는 지구와 달리 땅을 딛고 살아가는 곳이 아니고, 바닥이 없이 생각만으로 떠 있는 곳이며, 따라서 생각 한 번 잘못하는 것은 현 위치에서 엄청난 추락으로 이어지는 것이 당연한 것으로 보였습니다.

아직 수련 중에 있는 인간이 감히 올 곳은 아니었습니다. 아직 많은 마음의 때를 가지고 살아가고 있는 제가 감히 바라볼 곳은 더욱 아니었습니다. 저는 다시 지상으로 내려가 더욱 공부를 해야 된다는 것을 깨달았습니다.

지금까지 제가 깨달았다고 생각하였던 모든 것이 전혀 도움이 되지 않는 것을 알았으며, 앞으로 저는 지금까지의 고행보다 훨씬 더 강도 높은 고행을 해야 했습니다. 이제 우주의 입새에서 그러한 순도 높은 선인들의 경지를 보았으나, 앞으로 그러한 선인들을 따라가기 위해서는 너무나도 많은 수련의 길을 가야 함을 알았습니다.

그 자리에서 저는 다시 우주에 저의 생각으로 인한 움직임이 없도록 주의하며 그곳에 계시는 모든 분들께 마음 깊이 인사를 올렸습니다. 저의 하찮음과 보잘것없음에 대하여 사과드리며, 감히 우주의 입새에서 서성거렸던 것에 대하여 끝없이 죄송한 마음으로 절을 하였습니다.

27

선계의 도덕적 엄격성이란 누가 통제해서 생기는 것이 아니고 자연적인 흐름에서 나오는 것이며, 그 유지되는 질서의 힘은 절대적인 것으로 보였습니다. 생각 자체가 그대로 외부로 드러나는 세계, 그 생각의 힘으로 모든 것이 움직이는 세계, 따라서 모든 생각이 정상적으로 돌아가는 것이 아주 자연스러운 세계….

생각을 정상적으로 하지 않는 것은 자신에게 엄청난 후퇴를 가져오나, 후퇴하지 않기 위해서가 아니라 본성 그 자체로 선함이 가득 넘쳐흐르는 세계, 속세의 타락된 인간들이 추구하는 바와는 너무나 다른 모습을 보는 저의 느낌은 경건함 그 자체였습니다.

이토록이나 큰 세상이 숭고하고 엄숙하며 지순한 분위기 속에서 추호의 어긋남도 없이 완벽한 선善 그 자체로 유지되고 있다는 것, 이곳에 합류하여 우주의 발전에 동참하는 것은 저를 비롯한 모든 수련생들의 최종적인 목표가 아닐까 생각되었습니다. 하지만 저의 생각 한가운데는 아직도 욕심으로 가득 찬 세상의 티끌이 박혀 있었습니다.

아직은, 아니 금생의 촌각을 아껴 생명이 있는 마지막 날까지 수련의 정진을 거듭해도 저의 생각을 이들처럼 순수하게 욕심으로부터 탈색시킬 수 있을 것 같지 않았으며, 자연의 질서를 다소 알았고, 선계에 근본을 두었으며, 지금 인간으로 와서도 수련을 하고 있다는 것만으로 당연히 돌아갈 수 있으리라 생각하였던 것이, 전혀 단순한 문제가 아니라는 것을 다시 한 번 심사숙고하게 되었습니다.

주변의 기운이 흐트러지지 않도록 한없이 경건해지는 마음으로 가만히 자신을 낮추며, 잠시나마 건방진 생각으로 그분들께 결례하였던 것에 대하여 차마 머리를 들지 못할 정도의 죄스러움을 느끼며 돌아 나오려 하였습니다. 한데 저를 부르는 소리가 들렸습니다. 돌아보니 아무도 보이지 않는 가운데 음성만이 저를 부르는 것이었습니다.

우주 그 자체였습니다. 우주, 그분이 저를 부르고 계셨던 것입니다. 저는 그 자리에 바로 엎드려 조물주께 절을 올렸습니다. 아무런 말도 들리지 않는 가운데 몇 날인가 알 수 없는 긴 시간 동안 끝없이 절을 올리고 있던 중,

"됐다. 이제 그만 가보도록 해라. 아직은 할 일이 많이 남아 있음이다. 공부를 더 하고 올라오도록 해라."

라는 음성이 바람결에 들리는 듯 마는 듯 들렸습니다.

하지만 앞에는 아무도 없었으며, 조물주 그분의 존재도 느낄 수

없었습니다. 그분은 저의 모든 것을 처음부터 끝까지 보고 계셨던 것입니다. 아니 보고 계실 것도 없이 전부를 알고 계셨던 것입니다.

저는 모르고 있었습니다만, 제 마음에서 일어나는 갈등으로 인하여 당시 지구의 한 부분에서는 천둥, 번개와 비바람이 일고 있었으며, 풍랑으로 인하여 배가 전복되는 사고까지 일어나고 있었습니다. 선계에 올라가 있음으로 인하여 저의 생각에는 선인들의 힘이 배어 나오고 있었던 것입니다.

28

지금까지 보이지 않았던 지상의 모든 것들이 발아래로 가까이 내려다보였습니다. 아주 멀리 다른 세상에 있는 것으로 생각되었으며, 별로 심각하게 느껴지지 않았던 지상의 모든 것들이 저 아래로 보이기 시작하였습니다.

저는 허공에 떠 있었으며, 그 아래로 비바람이 불고 많은 사람들이 어수선하게 움직이는 모습, 항구의 고깃배가 파도에 밀려 모래사장으로 올라가고, 방파제에 부딪히는 모습이 보였습니다. 모두가 저의 생각이 흔들림으로 인하여 벌어지는 일들이었습니다.

"마음을 가라앉혀라. 그리고 다시 한 번 자신을 돌아보도록 해라. 얼마 남지 않았다. 자신을 가지고 수련하도록 해라."

다시 조물주의 말씀이 뇌리에 새겨졌습니다.

당시에는 너무나 엄청난 상황 앞에서 과연 제가 생각을 바로 한다고 해서 저러한 상황을 바로 잡을 수 있을지 확신이 서지 않았으므로 대답을 할 자신이 없었습니다. 저로 인한 파장의 여파는 상상외로 엄청났으며, 제 생각으로 인한 지상의 피해가 너무나 큰 것 같았습니다.

제가 생각을 바로 하였더라면 그러한 일이 없이 모든 것이 마무리되었을 것을, 제가 생각 한 번 잘못함으로 인하여 위와 같은 결과가 나왔던 것입니다. 조물주의 말씀을 듣고도 놀란 가슴을 진정치 못하고 있던 저는 마음을 다잡고 숨을 고르고 나서 마음을 진정시켰습니다.

제 마음이 진정됨에 따라 지상과 해상의 모든 것들이 점차 제자리를 찾아가는 것이 보였습니다. 파도는 잔잔해졌고, 해는 다시 빛났으며, 농부는 들판으로, 어부는 다시 배를 수리해서 바다로 나가고 있었습니다.

저는 다시 평온해진 지상을 내려다보며, 저의 마음이 다시 흔들리지 않도록 다잡았습니다. 다시 제 마음이 흔들린다면 지상의 인간들이 입을 피해가 엄청난 것이기 때문입니다.

하늘의 은덕으로 선계의 입구에서 선계의 실상을 구경한 저는, 선계의 안으로 들어가 보지도 못하고 다시 지상으로 내려오는 수밖에 없었습니다. 지상으로 내려오는 길은 아주 쉬웠습니다.

그렇게나 다른 세상인 것 같고 엄청나게 높은 데 있는 것 같은 선계의 입구에서 지상으로 오는 길은 1m 정도 높은 곳에서 내려오듯 쉽게 내려올 수 있었습니다. 지상으로 내려온 저는 다시 수련의 길에 들어섰습니다.

지상의 시간으로는 아직 일각이 채 지나지 않은 것처럼 보였습니다. 새벽 시간에 제가 앉아 있던 자리의 이슬이 선계에 가기 전보다 약간 더 내렸을 뿐입니다.**

오리성의 광막이 여전히 보이고 있었습니다. 아직 광막이 걷히지 않은 상태에서 우주의 기운이 옆으로 흩어지고 있었습니다. 그 속에서 오리성의 광막이 점차 흐려지고 있는 것처럼 보였습니다. 허나 은하의 기운에 가려서 자세히 보이는 것은 아니었습니다.

옆을 보니 여전히 광막을 뚫고 들어가는 기운이 보였습니다. 은하의 기운과 광막에도 불구하고 그 기운은 여전히 오리성의 상태를 확인하고 있었던 것입니다.

** 선계의 시간과 지상의 시간은 많은 차이가 있으므로 지상에서의 일각이 선계에서는 일 년이 되는 수도 있고, 지상에서의 일 년이 선계에서는 일각이 되는 수도 있습니다. 선계는 시공을 초월하는 세계이기 때문입니다. (저자)

29

그 기운과 동일한 파장을 만들어보려고 호흡을 고른 후 단전의 기운을 다잡았습니다. 단전의 기운이 적당히 열기를 품게 되자 기운을 발기發氣시켜 상단으로 올려서 내보낼 준비를 하였습니다.

상단은 인간의 생각을 어느 방향으로 보낼 것인지를 결정합니다. 일종의 통제기(Controller)의 역할로서 단순히 기의 송출 여부에 대한 결정만이 아니고, 어떤 색의 기운을 얼마만 한 속도와 강도로 어떻게 보낼 것인지에 대한 세부적인 제반 사항을 결정하는 것입니다.

일종의 통제 본부(Control Center)로서의 역할입니다. 이 역할은 체내에서 기운을 운용할 때도 동일합니다. 이 상단은 눈에서 뒤통수까지의 중간 지점 약간 뒤에 위치하고 있으며, 이 상단이 직접 외부의 기운을 수신하고 내보내며, 강도를 조절하는 역할을 하는 것입니다.

원래 수련을 하지 않은 사람에게 단전이란 없으며, 수련을 시작하면 단전이 형성됩니다. 단전은 대부분 수련 초기에 크기가 결정됩니다. 초기 100일간 집중 수련을 요하는 것은 바로 이 기운

저수지의 크기와 강도(내외부의 압력을 견디는 힘), 용량 결정에 가장 중요한 요인 중의 하나이기 때문입니다.

따라서 이 기간을 충실히 넘기는 것은 어떠한 단전을 갖느냐 하는 것에 아주 밀접히 관련됩니다. 단전 역시 정신계의 물질이므로 마음이 어떠한 상태로 변화하였는가에 따라 상당한 차이를 보이게 됩니다. 초기 100일간의 금욕 수련은 정신적인 기반 조성에 상당히 중요한 역할을 하는 것입니다.

단전이 강화되면 단전에 들어갈 수 있는 기운의 양이 결정되고 이 기운의 양에 따라 족, 부족이 결정되며, 이것에서 단전의 역량이 결정됩니다. 단전의 크기가 우주만 하면 우주 크기의 일을 할 수 있으며, 지구만 하면 지구 크기의 일을 할 수 있는 것입니다.

그러나 평소 기운의 소모가 심한 가운데 단전 형성 수련을 하면 그 크기가 작고, 내력이 약하여 부실한 단전이 되므로 장차 큰 수련을 할 수 없는 것입니다. 선생님의 경우 초기 1년 정도를 하루 10~16시간 이상 집중 수련함으로써, 단전이 상상을 불허할 정도로 크게 형성되셨습니다.

그 기간 중 이미 부처님의 손바닥(온 우주를 한 손 안에 장악하는 것)을 보셨으므로, 지금 이렇게 사방의 모든 것을 보실 수 있는 것입니다. 이러한 것은 평소의 근기에서 결정되며, 평소의 근기가 쓸 만하다면 초발심의 지속 기간이 길기 때문에 상당히 강력한 단전을 보유할 수 있는 것입니다.

사람마다 다른 이 능력은 어떠한 선생을 만나느냐 하는 것에 가장 결정적인 영향을 받으며 신속히 본성을 만날 수 있는 길을 배울 수 있는지가 좌우됩니다. 선생의 중요성은 제자의 자질을 판단하여 인도 방향을 결정하는 데 있습니다.

제자의 능력에 합당한 수련을 시키는 것은 제자의 역량 발전에 가장 중요한 일입니다. 이러한 선생이 반드시 사람인 것은 아닙니다. 저의 경우 속俗에 있을 때 대부분의 자연이 선생이었으며, 이 자연의 이치를 터득함으로써 하늘의 뜻을 알 수 있었습니다.

이것만으로 모든 공부가 끝나는 것은 아니며, 다음 단계에서는 역시 인간인 스승이 필요하게 되었습니다만, 자연을 통한 이치의 깨달음은 상당한 근기 형성에 도움이 되었습니다.

30

선생의 수련 방법과 본인의 역량, 노력이 시기적절하게 맞아떨어질 때 수련의 묘미를 절감할 수 있습니다. 선생에 관련된 부분은 다음에 다시 말씀드릴 기회가 있을 것이므로 여기서는 생략하겠습니다.

하단에서 올라온 기운은 중단에서 강화되거나 약화되는 등 변형되어 사용 가능한 에너지가 되고, 상단에서 세부적인 조정 절차를 거쳐서 외부의 기운과 교류할 수 있는 형태가 되어 사출됩니다.

즉 일반적인 기운은 하단으로 출입이 가능하고 하단으로 내보낼 수 있으나, 특정한 목적을 가진 기운은 상단을 통하여 사출할 때만 외부의 변화를 유도할 수 있는 것입니다. 상단에서 나갈 때는 앞으로 사출할 경우 주로 인당을 통하여 나가게 되나, 인당의 역할은 렌즈로서 통로 역할을 할 뿐입니다.

하지만 방향에 굳이 구애받지 않습니다. 위나 아래, 양옆이나 뒤로도 사출이 가능합니다. 이 기운이 뻗어 나가서 생기는 변화를 수신하는 것은 별다른 절차가 필요 없이 즉각 가능합니다.

우주에서 시간이란 별 의미가 없으며, 하부 세계의 상황을 조정하는 데 필요한 측정 수단 중의 하나로서의 의미만 가질 뿐입니다. 하지만 하부 세계에서 시간의 의미는 절대적입니다.

시간에 의해 모든 것이 통제되며, 시간으로 모든 것을 평가하게 됩니다. 선계에서는 모든 것의 동시 반응이 원칙이며, 거리와 시간은 배치 장소와 편의상의 문제일 뿐 선계의 업무와는 무관합니다.

하단은 기운을 받아 집기된 기운을 변화시켜 수련 가능한 상급 기운으로 변화시키는 임무를 수행합니다. 즉 철광석을 넣어서 순수한 쇳물을 만드는 용광로와 같습니다. 받아들일 때 가급적 등급이 높은 기운을 받아들이면 좋으나, 초기에 그렇게 하기는 어려우므로 기운의 종류를 판단하지 않고 아무 기운이라도 받아들이면 됩니다.

또한 초기에 기운을 편식하게 되면 차후에 단전의 능력이 저하되는 경우가 있으며, 좋은 기운을 분별할 능력이 떨어지게 됩니다. 기운의 정제는 차후 단전이 열을 받아 역할을 하게 되면 자연히 해결됩니다.

등급이 높은 기운이란 순수한 정도가 높은 기운을 말하며, 스승에 의해 한 번 정제된 기운이면 좋으나 일반인의 수준에서는 어려운 것입니다. 그러나 수련생들끼리 전력으로 기운을 밀어주면 상호 간의 자동 정제 작용으로 기운이 맑아지게 됩니다.

흐르는 물이 자연히 정화되는 것과 같은 이치입니다. 이 경우의 정제 효과는 본인이 혼자 하는 것에 비하여 100배 이상의 효과를 얻을 수 있습니다. 또한 직하방으로 기운을 내려보내는 수련은 단계가 높은 수련생의 경우 약 1,000배 이상의 정제 효과를 볼 수도 있습니다.

하단은 수련 초기 100일간 무념의 경지에서 형성하되, 이 기간 중 충분히 형성되지 않으면 차후 수련의 진도에 지장을 받게 됩니다. 따라서 특별한 경우 한 번 형성된 단전을 재형성하는 경우가 있습니다. 이러한 방법은 보통 일반 수련생에게는 사용치 않으며, 반드시 필요한 일부 수련생들에게만 사용합니다.

31
단전은 선계의 물건

'단전 재건법' 수련에 들어갈 경우 지금까지의 모든 것을 버리는 것이 바람직한데, 시간적으로 보아 전 수련 시간대를 모두 버리기 어려우면 순간적으로라도 버려보는 것이 절대적입니다. 하지만 가장 좋은 것은 자신이 수련을 하기 전, 단전 형성 이전의 상태로 돌아갔다고 생각하고 하는 것이 좋습니다.

* 수련법은 일반에게는 공개할 수 없으므로 생략합니다.

'단전 재건법'은 선계에서도 특별 수련에 속하는 것이므로 외부의 수련생에게는 특히 보안을 요합니다. 단전은 어떠한 경우에도 한 사람에게 일생에 한 개 지급되는 것이 원칙이며, 이것을 어기면서까지 단전을 교체해야 할 경우란 특별한 사명이 있거나 평범한 경우와는 아주 다른 목적이 있을 경우입니다.

금번의 경우 이 목적은 수련생들에 대한 효과적인 수련을 위한 절차로서 단전의 재지급이 가능했던 것입니다. 단전은 선계에서도 가장 소중한 물건 중의 하나이며, 이것이 기운을 담고 변화시킬 수 있는 역할을 다하지 못하게 되었을 경우, 수련생은 인체로 말하면 당뇨와 같은 소모성 질환에 걸린 것과 같아 수련의 진도를 거의 기대할 수 없게 됩니다.

이러한 경우란 수련을 시작하고 얼마 안 되어 수시로 술 등으로 체력을 소진하거나 아주 부실한 수련, 즉 하다 말다 하는 수련으로 단전이 아주 부실하게 형성된 경우입니다. 이러한 경우는 단전의 재건이 불가합니다.

재건의 경우에는 전에 사용하던 단전이 상당한 수련으로 강력하고 튼튼하게 제작되었으나, 본인의 진도에 비하여 용적이 작거나 다른 문제가 있을 경우입니다.

단전은 선계에서 내려보내는 재료를 가지고 본인이 초기 수련 시 제작하는 것입니다. 따라서 어떠한 단전인가 하는 것은 절대적으로 본인의 탓인 것입니다.

제자를 키우는 것 역시 저희들의 사명 중 하나이나, 결코 진정한 수련은 많은 제자가 필요치 않습니다. 한 명의 제자를 키워도 정확히 선맥이 이어져 내려오도록 키우는 것, 이것이 마땅치 않으면 잠시 맥이 끊기는 한이 있더라도 굳이 제자를 키우려 하지 않습니다. 후에 재목이 있다면 다시 이어 내려가는 것은 문제가 아니기 때문입니다.

이 단전은 수련을 한번 시작한 사람의 경우도 중도에 수련을 게을리하면 부실화되어 버리는 경우가 있으며, 이러한 경우도 재건이 불가합니다. 단전은 수련을 한번 시작하면 지속적으로 할 수 있는 사람에게 내려오는 것이며 이러한 단전이 참단전인 것입니다.

수련의 목적은 마음의 단련이며 이 단련은 본인이 강한 의지로 임하여야 가능한 것입니다. 따라서 수련에 임하였어도 본인의 마음가짐이 도저히 회생 불능이라고 판단될 경우 스승은 단전을 회수할 수도 있습니다.

단전 회수권은 최악의 경우, 즉 제자가 스승의 뜻에 도저히 있을 수 없을 정도로 어긋난 행동을 보일 경우 가능한 방법이며, 최악의 상황에서 실행하는 방법입니다.

32

선계의 스승은 제자에 대하여 절대적인 권한을 가지며, 이 절대적인 권한은 인간으로서는 도저히 불가능한 것도 가능한 정도입니다. 별도로 파계라는 절차가 없으며 스승의 마음이 떠나면 파계인 것입니다.

스승의 마음은 한번 떠난 것으로 그만이며, 다시 돌아오기 어렵습니다. 허나 스승이 되기 위해서는 제자의 어떠한 과실도 안아 삭일 수 있는 마음가짐이 필요합니다. 고의로 인한 실책은 상당한 대가를 치를 것이나, 인간의 경우 99.99%가 과실이며, 마음의 실상을 모르고 한 짓이므로 그러한 것에 대하여는 너그러운 마음으로 살펴줄 것이 요구됩니다.

부실 단전에는 여러 가지 유형이 있습니다. 단전 자체는 형성되어 있으나 내력이 약한 것, 재료가 부실하여 모래처럼 결속력이 약한 것, 금이 간 것, 구멍이 뚫린 것 등 여러 가지 부실 단전이 있으며, 이러한 것들은 모두 수련생들의 수련에 대한 정성 및 근기 부족에서 비롯됩니다.

이러한 단전 중 보수가 가능한 단전이 있는데, 대체로 근기는 있으나 지구력이 약하여 기운을 충분히 담을 수 없는 경우입니다. 수련을 시작하고 나서 얼마간은 좋았으나 차차 힘이 없어지는 경우이며, 수련을 하여 기운 주머니(단전)가 생겨 힘이 있었으나 부실한 단전 관리로 보충되던 기운이 사라져서 기력이 약화되는 경우입니다.

병약한 자의 경우 대개 단전이 약하기 쉽습니다. 이러한 경우 정신적인 것만으로는 버티기 힘들기 때문에 단전을 보수하여주면 건강이 훨씬 좋아질 수 있습니다. 이러한 자의 증상은 대체로 병원에서는 밝혀낼 수 없는 경우가 많습니다.

이러한 수련생들은 수련 시 주로 다른 수련을 하지 말고, 매수련 시마다 기운을 단전에 모아 단전의 주변을 차차 보강하는 상상을 하며 수련하는 것이 필요합니다. 그렇게 해서 어느 정도 단전에 기운이 보강된 것을 느끼면 그때부터 다시 단전을 채워나가는 것입니다.

지속적으로 단전을 채워나가다가 다시 강화하고, 채우고 강화함을 반복하다 보면, 단전에 가득 찬 기운이 저절로 중단이나 상단으로 올라가는 것입니다.

어떠한 기운을 상단으로 올려야 하는가에 대한 것을 말씀드리겠습니다. 단전에 기운이 충만하게 되면 가만히 놓아두어도 회음, 장강을 통하여 명문으로 올라가는 방법이 있으며, 이러한 방법은 주로 초급자들에게 적당한 방법입니다. 명문, 척추의 중간, 대추혈 등에서 3번 정도 막힘이 있으며 이것을 뚫고 나가면 백회에 이

릅니다.

백회에 이르게 되면 잠시 감이 없어졌다가 다시 인당 부근에서 살아나 승읍(윗입술) 부근에서 감이 오며, 혓바닥과 입천장이 닿은 곳을 타고 중단으로 내려오게 됩니다. 명치 부근까지 감이 오면 바로 단전으로 연결되는바, 이러한 임독맥 개통 수련은 기운이 가는 방향으로의 추진과 단전 축기를 동시에 할 수 있는, 즉 정신을 양쪽에 고도로 집중할 수 있는 경우에 가능합니다.

33

또 하나는 단전에서 직접 중단과 상단을 연결하는 방법입니다. 고급 수련생들에게 응용 가능한 방법으로서, 인체의 기본 맥인 임독맥이 유통된 수련생들이 사지와 오장육부에 기운을 통하게 한 후(기경팔맥 유통) 다음으로 직접 상·중·하 단전을 연결하는 수련입니다.

이 수련은 상·중·하의 어느 것이나 단전이므로 하단의 기운이 중단이나 상단으로 한꺼번에 전부 올라갈 수 있으므로 상당히 조심하여야 합니다. 수련이 아직 미흡한 수련생이 이 수련을 할 경우, 어느 방향으로든지 기운을 움직이려 하면 순식간에 미끄러져 들어가 버리므로, 나중에 다른 경락을 여는 수련을 할 수 없게 되어 버리는 것입니다.

이러한 것은 수련으로 인한 부작용 중에서 가장 큰 것 중의 하나이며, 다시는 수련을 할 수 없게 되어 버리는 경우도 있습니다. 따라서 초보자의 경우 반드시 사지를 관통하는 수련을 한 후에 임독맥 유통이 필요합니다. 사지 관통 수련법은 다음과 같습니다.

1. 하단전⇒가슴⇒왼쪽 팔⇒왼쪽 손(바닥, 손끝, 손등)⇒가슴 ⇒하단전
2. 오른 팔 동일
3. 하단전⇒왼쪽 다리 앞쪽(무릎 쪽 앞선을 따라 내려감)⇒발등으로 해서 발가락 끝⇒발바닥으로 돌아서 용천⇒다리 뒤쪽 장딴지로 해서 엉덩이⇒명문으로 해서 단전
4. 오른쪽 다리 역시 동일한 방법을 사용하여 관통시킵니다.

'천지유통'의 방법 중에 양팔 유통 후 임독맥 유통이 있습니다만, 이때는 기운을 위에서 아래로 내려보내는 것이나, 순서를 바꾸면 초보자에게 적절한 방법이 됩니다. 천지유통은 수련 경지가 어느 정도에 이른 수련생들에게 합당한 방법이나 오늘 말씀드린 방법은 초보자에게 기운 운용법을 가르쳐주는 것입니다.

이러한 기운 운용은 수련에 있어 가장 중요한 기운의 유통을 말하는 것이나, 이러한 유통은 단전에 기운이 충만하여야 함은 두말할 나위 없습니다. 단전에 기운이 충만하도록 하기 위하여 우선 단전을 확실히 다져놓아야 하며 기운이 없는 수련생은 다음과 같은 '단전 강화' 수련을 하도록 하시는 것이 좋을 것 같습니다.

* 수련법은 생략합니다.

34
초대형 단전에는 일월과 산천초목도

'단전 강화법'은 절대로 타인의 기운을 지원받아서 하면 안 되며 수련생 상호 간에 기운을 유통시키면서 해도 안 됩니다. 이번에는 갑이 을의 단전 강화를 지원해주고, 다음에는 을이 갑의 단전 강화를 지원해주는 것은 이 수련에 있어서는 절대 불가한 것입니다.

단전에 관한 이러한 깊은 내용이 일반적인 수련 관련 서적에 들어 있지 않은 것은, 이 내용 자체에 대한 언급이 없으면 단전을 함부로 건드리지 않을 것이므로 그러한 문제점이 생기지 않도록 하자는 데 있으나, 사실은 단전 자체에 대한 연구가 없으면 수련 자체가 부실해지므로 단전에 관한 연구를 강화할 필요가 있습니다.

스승이라도 '단전 강화법'에는 기운을 지원하지 않는 것이 좋습니다. 단전 강화 수련을 할 수 없을 정도로 기운이 약하다면 어느 정도 기운이 모일 때까지 축기를 하는 것이 옳은 방법입니다.

자신의 기운으로 스스로 하여야만 하며, 여러 수련생들이 모여서 강화 수련을 하더라도 기운은 본인의 기운을 사용하여야 합니다. 타인의 힘으로 단전을 키우면 타인의 기운이 단전을 형성하게 되므로 결정적인 시기에 자신의 통제를 벗어날 수도 있습니다. 따라서 단전만은 어떠한 일이 있어도 자신의 기운으로 키워야 하는 것입니다.

단전의 소유권은 선계에 있으나 관리 책임자는 자신입니다. 수련에서 자신이 자신을 관리하는 최초의 단계가 바로 단전 관리이므로, 이 단전을 잘 관리할 수 있는 능력이 있고 나서야 다른 수련도 가능한 것입니다.

마음공부 중 가장 중요한 것은 홀로 서는 것이며, 홀로 서기의 가장 근본이 단전 관리인 것입니다. 마음공부에 있어 단전의 중요성은 절대적이며, 단전에 대한 의식을 잠시라도 잊어버리는 것은 자신의 위치를 잊는 것과 같습니다.

속俗에서 돈을 아무리 많이 벌어도 보관할 곳이 없어 길에 놓아둔다면 그 많은 돈은 모두 소용없는 것입니다. 한 푼을 벌어도 보관할 곳이 있으면 되는 것입니다. 그것도 이 모든 기운을 한 곳에 정리하여 보관하여야 유사시 효율적으로 사용할 수 있는 것입니다.

허나 단전으로 들어오는 기운은 한 가지가 아닙니다. 어떠한 기운도 들어오는 것이며, 이 많은 유형의 기운을 정리하여 버릴 것은 버리고, 사용할 것은 사용할 수 있는 순서대로 정리해놓는 것이 바로 단전의 역할인 것입니다.

따라서 단전은 들어가 보면 한없이 넓고 높은 그릇입니다. 크게 만들면 넓이만 해도 지평선이 보이지 않을 정도로 아득히 넓으며, 높이 역시 까마득히 벽이 보이지 않을 정도로 높은 벽을 이루고 있고, 그 벽이 하늘까지 닿아 끝이 보이지 않으면 더욱 좋은 것입니다.

초대형 단전인 경우 그 안에 우주가 들어가 있는 경우도 있습니다. 단전의 여기저기에 구름이 떠 있고, 땅에는 초목과 동물들이 있으며, 중간에는 하늘이 있고, 그 위에는 태양과 별과 달이 보이는 것입니다.

35

그 단전의 여기저기에 너무나 많고 다양한 자재들이 쌓여 있습니다. 모두 자신의 수련으로 채운 것들입니다. 단전의 내부에는 결코 자신이 채우지 않은 것이 들어가 있는 법이 없으며, 자신이 채워야만 들어가 있는 것입니다.

들어가는 것도 반드시 수련으로 들여보내야 하며 무조건적인 욕심만으로는 들어가지 않는 것입니다. 설령 운이 좋아서 어쩌다 들어왔다고 해도 어느새 나가버리고, 자신의 것이 되지 않습니다.

이렇게 소속이 불분명한 기운이 단전에 들락날락하는 것은 절대로 바람직한 일이 아닙니다. 단전의 어디엔가 허점이 있음을 반증하는 것이며, 이 허점을 찾아서 메우지 않고는 자신의 기운조차 새나가는 곳이 생길 수 있습니다.

따라서 단전을 강화할 때 세밀하게 자신의 단전을 살펴보고 작은 구멍이라도 철저히 막아야 하는 것입니다. 단전의 기운은 먼지 하나까지도 전부 자신의 기운으로 형성되어야 하며, 타인의 힘을 빌려서는 절대 안 되고 바늘구멍 같은 틈새도 없어야 하는 것입니다.

물론 이렇게 강화해도 자신이 의념한 기운은 그 벽을 통하여 항상 들어오고 나갈 수 있습니다. 다만 강화된 단전에서는 자신의 의지에 반하여 타인에게 가는 기운의 이동이 없습니다.

자신의 의지로 인한 기운의 이동은 어떠한 높은 벽이나 넓이에도 불구하고 아주 자연스레 이루어지는 것입니다. 단전의 이상 유무를 살펴보기 위해서는 아래 수련 방법을 사용해보면 좋습니다.

앞으로 말씀드리는 수련 방법은 전부 도인법導引法으로 몸을 풀고, 어느 정도, 예를 들면 10~20분 정도 호흡을 하여 마음을 가라앉힌 후 하는 것을 전제로 합니다.

* 수련법은 생략합니다.

36

단전에서 기운이 새나가는 양을 보면 바늘구멍으로 단전의 기운이 전부 새나갈 수도 있습니다. 허나 바늘구멍이므로 쉽게 메울 수도 있는 것입니다. 따라서 철저히 틈새를 메워보면 단전에 기운이 쌓이는 강도가 다름을 금방 느낄 수 있습니다.

기의 정제 속도 역시 빨라집니다. 따라서 수련의 가속도가 붙는다고 할 수 있습니다. 고급 과정으로 들어가기 전에 반드시 한 번 넘어야 할 과정입니다.

아무리 단전의 벽이 높고 두꺼워도 자신이 원하는 기운을 그 안으로 마음대로 출입시킬 수 있는 이유는, 단전의 벽은 '자신의 마음의 벽'이기 때문입니다. 따라서 자신이 마음먹은 대로 움직여 주므로 그러한 효과가 나게 되어 있습니다.

단전에 들어온 기운은 다양한 형태로 저장되며, 이 저장된 기운이 필요시 다양한 형태로 나타나게 됩니다. 이러한 자재(기운)들을 수련 시 어떻게 사용할 것인가 하는 것은 상단전이 하게 됩니다.

멀리 내다보고자 할 때 자신의 단전에서 찾아보면 망원경이 있으며 그 망원경을 가지고 내다보면 되는 것입니다. 아직 망원경이 없다면 수련이 부족한 것이므로 수련을 강화하여 망원경을 단전에 만들어놓아야 하는 것입니다. 작고 간단하면서도 약 100억 광년 이상을 내다볼 수 있는 성능을 가진 것이라면 쓸 만할 것입니다.

수련에 필요한 모든 것은 전부 자신의 단전에서 나오는 것이 가장 바람직한 것입니다. 스승에게 지도 받는 동안 다양한 교재를 활용하는 것은 가능하나, 선배나 동료로부터 빌리는 것은 바람직하지 않습니다.

이러한 고난도의 수련은 점차 수련생들이 상당한 단계에 이를 수 있는 기반이 되며, 이러한 기본 수련이 없이 수련에 임한 경우, 노력에 비하여 효과가 적거나 효과가 거의 없는 경우를 볼 수 있습니다.

지속적인 일념으로 수련의 길을 가다 보면 강력한 기운의 결집이 가능하며, 이러한 기운의 결집을 기반으로 보다 원대한 목표를 향한 수련을 할 수 있는 것입니다. 우리가 수련을 할 수 있는 선계의 모든 것을 담은 선계의 지도는, 현재 선계에 있는 선인들이 가지고 있는데, 선인들이 필요에 의해 조정하므로 항상 위치를 바꾸고 있으며, 동일한 상태로 있는 것이 아닙니다.

또한 수련 중인 학생의 입장에서도 이 지도의 전부를 볼 수 있는 것은 아닙니다. 수련의 목표는 다시 선계로 복귀하여 이러한 일을 하는 데 있습니다. 다시 전에 말씀드리던 부분으로 돌아가겠습니다.

37

저도 기운을 돋구어 오리성을 둘러싼 광막의 내부를 향하여 파장을 보내기 시작하였습니다. 그러나 순식간에 느낌이 전달되어야 할 오리성은 어디로 가고, 끝없는 허공만 잡힐 뿐이었습니다.

틀림없이 오리 성단이 있어야 할 자리에 오리 성단이 없는 것입니다. 우주의 끝까지 도달하여 파악하는 데 필요한 공력은 10파넨이며, 당시 저의 기안氣眼에서 발사할 수 있는 공력은 약 56파넨으로서 상당히 강력한 편이었으나, 이 기운을 전부 발휘하였어도 오리성의 상태를 파악할 수 없었던 것입니다.

이 정도면 지상에서 수련 중인 수련생의 입장에서는 가장 강력한 파장을 가진 사람 중의 한 사람이라고 할 수 있습니다. 허나 저의 옆에서 발기되는 기운은 역시 그대로 발기되고 있었으며, 기운의 외형으로 보아 오리 성단의 내부를 파악하고 있는 것이었습니다. 망설이지 않고 한 곳을 주시하는 것을 보면서 성단의 내부를 파악하고 있음을 알 수 있었습니다. 저와 같이 감을 잡지 못하고 있으면, 발기되는 기운이 이리저리 헤매지만, 어느 한 곳을 보고 있으면 한 곳에 고정되어 있는 까닭입니다.

제가 그분의 광선이 들어간 곳을 따라 빛을 보내자 오리 성단의 운영 회의장이 보였습니다. 회의장이라고 해서 어떠한 사무실이 있는 것이 아니라 운영 주체의 회의가 열리는 장소를 말하는 것입니다.

각자 자신의 자리에서 의사를 전하고 듣되, 시공의 구별이 없으므로 한 곳에 모여서 하는 것과 동일한 효과를 발휘합니다. 이 회의는 약 30여 분이 모여서 새로운 별의 탄생과 기존 별의 퇴임에 대비하는 회의였습니다.

회의 내용을 알아보려는 순간 지구에서 이 기운을 보내시는 분이 보였습니다. 기氣 기운줄에서 나오는 빛에 그분의 얼굴이 반사되어 보였던 것입니다. 우주의 정보는 어느 한 곳만 감지되면 전체를 알 수 있습니다. 너무나 선명하고 밝은 빛이 이분의 수련 정도를 나타내고 있었습니다.

우주에서의 회의는 등급이 정해져 있어, 해당 등급에 속하지 아니하는 사람은 보려 해도 보이지 않습니다. 자신의 기적 감도가 떨어지므로 자신의 역량 이상 파악을 할 수 없는 것입니다.

100μ(미크론, 1μ=1/1,000mm, 우주에서의 1mm는 지구의 1/9,800mm)의 파장을 사용하는 기인의 경우, 그 이상의 파장을 사용하는 기인과는 대화가 가능하나, 그 이하의 파장을 사용하는 기인의 뜻은 알 수 없습니다. 자신보다 영력이 낮은 기인의 파장은 알 수 있으나, 자신보다 영력이 높은 기인의 파장은 알 수 없게 되어 있는 것입니다. 예를 들면 100μ의 파장을 가진 기인보다는

20μ의 파장을 가진 기인이 수련 등급이 훨씬 높은 것입니다.

따라서 우주에서는 수련 정도만으로 모든 보안 장치가 가동되며, 별도의 보안 장치가 필요 없는 것입니다. 제 옆에서 발기하시는 분이 사용하시는 파장은 약 20μ 정도의 파장이었으며, 저의 파장은 약 70μ의 파장이었으나, 금번의 경우 제가 오리성과 유관함을 아시는 그분께서 제가 동일한 파장을 타고 들어갈 수 있도록 기운을 배려해주셨으며, 오리 성단 운영 회의에 참석하신 분들께서도 저의 청강을 허용해주신 결과였습니다.

20μ의 파장은 선계 2등급 이상 수련생들이 발사할 수 있는 파장입니다. 따라서 저의 경우 어른이 아이의 손을 잡고 들어간 것과 동일한 효과를 발휘한 것입니다.

38

저의 경우 앞으로 5년 정도를 더 수련해도 30μ 이하의 파장을 사용할 수 없을 것으로 생각하였으며, 현재의 70μ 파장으로도 우주의 다양한 면을 파악함에 전혀 불편이 없었기 때문에 그대로 사용하고 있었던 것입니다.

허나 그것이 아니었습니다. 오리 성단의 모든 것이 안 보였던 것은 저의 파장과는 다른 종류의 파장, 즉 제가 사용하는 파장보다 여러 단계 낮은 파장이 사용됨으로써 저의 능력으로는 파악할 수 없는 상태가 되어 있었던 것입니다.

인간이 사용하는 파장으로서 가장 낮다고 할 수 있는 α(알파)1 중 1에서 10까지가 100μ~1μ까지의 수준이며, 이 수준에서야 접속이 될 수 있었습니다. 따라서 우주 본체와 직접 교신이 가능하기 위해서는 고도의 수련으로 α1 중 1에서 4까지의 파장을 상시 자연스레 운용할 수 있어야 하는 것입니다.*

* 알파파장은 1부터 10까지가 있으며 1이 수련 정도가 가장 높은 수준의 파장이다. 알파1은 다시 1에서 1,000까지로 나눌 수 있으며 이 중 적어도 천분의 1에서 10까지는 되어야 선인들과의 대화가 가능하다. 이런 상태는 미풍도 불지 않는 고도의 적막 상태이다.

금번의 광막 현상은 파장의 변화로 인한 보안 효과를 거두고자 한 조치였습니다. 이러한 파장대의 변화는, 성단의 새로운 업무를 조용히 처리함으로써, 타 성단이나 은하에 영향을 주지 않기 위한 방법으로서, 우주에서 가끔 사용되어 왔습니다.

통상적인 업무는 상호 간에 영향을 주는 법이 없으므로 그대로 시행됩니다만, 기운의 변화를 유도할 수 있는 경우는 자체 내에서 기운의 변화를 수용하며 외부에 전혀 영향을 주지 않을 수 있을 때 광막을 열게 됩니다.

화담 선생이 아니었으면 저의 수련 진도는 상당히 늦어졌을 것입니다. 화담 선생의 경우 지구로 오면서도 우주의 파장을 그대로 가지고 내려온 특이한 경우였습니다. 대개의 수련생들은 모든 것을 버리고 지구에서 태어나, 수련하면서 다시 자신의 파장을 다듬어나가는 편이나, 화담 선생의 경우 선계의 파장을 그대로 지니고 있었습니다.

이러한 예는 대략 어떠한 사명을 띠고 내려온 경우입니다. 나중에 확인한 바에 의하면, 화담 선생의 경우는 지상의 수련생들에 대한 기선氣線 즉 기운줄 지도 임무를 가진 분이었습니다.

즉 수련생들이 우주나 하늘의 기운을 받을 수 있도록 정리해주는 임무를 가진 선생입니다. 이러한 임무는 원래 선계에서 하는 것이나 화담 선생의 경우 지상에서 이러한 임무를 수행하고 계셨던 것입니다.

따라서 오리 성단 회의의 참가는 성단 회의에서 결정되는 사항을 수신하고 지구의 수련생들을 지도하기 위한 것이므로, 화담 선생의 참가는 당연한 것이었으나 저의 청강은 불가하였습니다.

허나 지구의 수련생 중에서 당시 천기를 거의 마음대로 읽던 수련생 중 하나였던 저의 경우는 화담 선생의 인도로 청강이 허용되었던 것입니다. 당시 성단 회의의 의제는 오리 성단 내의 0-47별(별의 번호 : 일명 Gain星)에 거주하고 있는 수련생 중 고급 수련생들이 건의한 내용에 대한 토의였습니다.

39
별들은 선인들의 작품

이 수련생들의 건의 내용은 수련 기념으로 생물성(生物星 : 생물체가 거주하는 별) 하나를 제작해도 되는가 하는 점에 관한 것이었습니다. 생물성은 주변 우주에 미치는 영향이 무생물성에 비하여 3~120여 배로서 워낙 크므로, 주변의 모든 여건 조성이 완료된 후 제작하는 것이 원칙이며, 선인들이 제작하는 것은 가능하나 수련생이 제작하는 것은 아직까지는 제한되어 왔습니다.

생물성도 다양한 등급이 있어 단세포 생물체가 거주하는 별, 초급 동식물이 거주하는 별, 중급 동식물이 거주하는 별, 고등 생물체가 거주하는 별 등이 있습니다. 이러한 생물성은 승급 시에도 일정한 기운 범위를 정하여 논의 후 결정하는 것이 관례였습니다.

우주에서 별을 만드는 작업은 대개 수련을 거의 끝낸 수련생들이 수련 종료를 기념하기 위하여 하는 일이며 이들은 혼자, 혹은 두세 명이 힘을 모아 졸업 기념품과 같은 의미로 태양계의 달이나 화성, 목성 같은 별들을 자신이 거주하는 우주 부근에 하나씩 만듭니다.

달 정도는 3~4인이면 제작이 가능하며, 목성 정도는 주변의 위성 제작팀은 별도로 하고 본체에만 고급 수련생 40여 명 정도의 노력이 필요합니다. 제성(製星 : 별을 만드는 것)은 우주에 무형으로 산재해 있는 기운을 모아서 유형화하는 작업 중의 하나이며, 현재의 지구 수준과 비교한다면 아주 작은 별 하나의 제작에도 8톤 트럭 수천 대 분량의 설계도가 필요한 고난도 작업인 것입니다.

수 명 내지 수십 명의 선인들이 그동안 수련으로 단련된 원력을 모아 한 점에 일치시키며 유형화하는 작업은, 우주에서도 장관일 뿐만 아니라 대단한 행사 중의 하나였습니다. 이렇게 탄생하는 별은 그 이후 우주의 구성 분자로서 존재하며 자신의 역할을 하게 됩니다.

제성 수련은 선계에서 하는 수련이며 방법은 알려드릴 수 있으나 아직 필요치 않으므로 나중에 필요시 말씀드리겠습니다. 제성 수련은 나의 별을 가질 수 있는 수련법입니다. 이 작업 과정에서 한 치의 오차가 생겨도 정확한 제성이 불가할 뿐 아니라, 빈 공간에 기운의 결집체인 별이 새로이 존재할 경우 이 별의 인력으로 인하여 우주기운의 행로에 영향을 줄 수 있으므로 상당한 주의가 필요한 것입니다.

영향을 주더라도 긍정적인 영향을 주어야 합니다. 즉 이 별의 인력권이나 내부를 통과하면 기운이 더 강해진다든가, 맑아진다든가 하는 경우를 말합니다. 이 제성은 상생, 상극 원리에 의하여 새로운 별이 속할 태양계의 기운을 향상시킬 수 있어야 하며, 기운이 저하될 때 상승시킬 수 있는 역량을 가져야 하는 것입니다.

따라서 자신이 만들 별의 성격이나 위치, 앞으로의 역할에 관하여 면밀히 검토한 후에 제성하여야 하는 것입니다. 이 과정은 우주에서 수련의 최종적인 과정이므로, 수련이 종료된 후 스승의 도움 없이 제작하고, 나중에 스승이 확인하는 방식으로 진행되며, 이 과정을 거치면 수련 등급이 상당히 향상됩니다.

40

제성 후에도 스승이 인가할 때까지는 그 별 주변을 통과하는 우주선宇宙線에 접속되지 않으므로 어떠한 역할도 부여되지 않습니다. 제성에 실패하였을 경우 집결되었던 기운은 순식간에 원상태로 돌아가며, 제성을 기도했던 선인은 제성으로 등급이 향상될 수 있는 정도 이상으로 등급이 하락됩니다.

이러한 이유는 제성에 소모되는 기력이 워낙 많아 스스로 감당이 안 되는 까닭입니다. 제성에 성공하면 정신적인 이유로 스스로 기운이 보충되나 제성에 실패하면 스스로 정신적인 충격을 감내하기 힘들기 때문에 그렇게 되는 것입니다.

따라서 제성은 자신 있는 경우가 아니면 시도하기 어려운 것입니다. 무생물성의 경우에도 이러한 정도이므로, 생물성의 경우 실패 시의 충격은 상상을 불허할 정도입니다. 온통 불구로 가득한 별이 생긴다는 것은 그 실패한 결과를 수련생 한 사람이 감당할 수 있는 것이 아니기 때문입니다. 따라서 그 별의 제거에 새로운 기운이 동원되어야 합니다.

이 제성은 기운의 공급(supply)으로 우주에 기여하는 별을 만드는 것과 기운의 제거(erase)로 우주에 기여하는 별을 만드는 것으로 구분됩니다. 기운을 제거하는 기능을 가진 별은 지구에서 '블랙홀'이라고도 하며, 이 별의 경우 기운을 흡수하여 상당히 농축된 상태로 보관하고 있다가 자신의 용량이 초과되면 타 성단의 기운이 부족한 곳으로 배분합니다.

제거한다고 해서 아주 없어지는 것이 아니라, 사용되지 않거나 필요 없는 기운을 모아서 재생하여 사용 가능하도록 하는 것입니다. 이러한 기능을 사용할 경우 타 성단으로 기운을 보낼 연결 통로를 열게 되며, 이러한 통로는 당시의 상황에 따라 방향이 정해지므로 어느 성단이라고 일정하게 정해져 있는 것은 아닙니다.

'블랙홀'의 경우 용량은 지구 100개에서 20,000여 개 정도까지의 기운을 흡수할 수 있는 경우도 있으며, 경우에 따라서는 작은 은하계 하나를 만들 만큼 큰 기운이 결집되는 경우도 있습니다.

이러한 기운이 상당한 밀도로 결집될 경우 '블랙홀' 내부에는 초고온 현상이 발생하며, 이 고온으로 '블랙홀'에 모여 있던 기운이 다시 정화되어 새로운 기운으로 재생됩니다. 재생이 완료됨과 거의 동시에 새 기운은 사용될 곳으로 엄청난 속도로 이동하게 됩니다.

이 중에는 많은 생물성의 기운이 함께 몰려들어 가는 경우도 있는바, 이러한 '블랙홀'에 모인 기운은 전부 새로운 기운으로 재편되며 기존의 특성을 가지고 있는 일이 없습니다. 따라서 '블랙홀'로 들어가는 것은 '블랙홀'의 기운에 흡수되는 것이며, '블랙홀'에서 새로운 기운이 창출된다고 해서 종전에 휩쓸려 들어간 생물의 의식과 기운이 그대로 살아나는 것은 아닙니다. 전혀 다른 새로운 형태의 아주 순수한 기운으로 태어나는 것입니다.

이러한 제성은 아무나 하는 것이 아니며 제성 후의 결과에 대하여는 등급이 낮은 수련생까지도 명확히 제성 선인(製星 仙人 : 제성을 함으로써 선인이 된 수련생)의 수준을 확인할 수 있고, 이 성과에 따라 선인으로서의 등급이 결정되는 것에 대하여 수련생들은 하등의 불만도 있을 수 없는 것입니다.

41

제성 선인이 되는 것은 진성 선인(眞性 仙人 : 검증을 거친 순도 100%의 기운으로만 형성된 기적 인격체)의 입선도(入仙道 : 선인이 되는 길)이자, 수련 전체를 통틀어 가장 중요한 일이라고 할 수 있습니다. 따라서 이 제성이 끝나면 선계 1등급을 부여받게 되는 것입니다. 무생물성(無生物星 : 생물체가 살지 않는 별)의 생성에도 이러한 노력이 필요한바, 생물성은 더 말할 나위가 없습니다.

생물성의 제작은 상당히 난도가 높은 작업이므로 기존 선인들의 업무입니다. 초등 생물 한 마리를 제작하는 데에도 엄청난 설계 수준과 다양한 기운의 조합이 필요한 것입니다. 지구의 파리 한 마리 정도를 제작하는 데, 거의 작은 별 한 개 정도의 제작 역량이 필요합니다.

이러한 이유는 생명체의 경우, 생명체의 가장 기본이 되는 정보를 담은 DNA를 구성하는 우주의 근본 사슬을 제작하여야 하는데, 이 사슬을 구성하는 재료로서 사용되는 기운은 우주에서도 가장 순도가 높은 기운으로 선정됩니다. 이들이 점점이 형성화한 기운으로 재료를 만들고, 이 재료로 DNA를 만들며, 이 DNA를 모아 형태를 형성하게 됩니다.

현재의 지구 과학에 비교하면 DNA 한 개의 구성 분자가 약 3,000~5,000여 개 되는바, 이 각각의 구성 분자가 대용량 컴퓨터 한 대 정도 되는 것입니다. 결국 이러한 대형 컴퓨터 3,000~5,000대가 모여서 DNA 한 개가 되는 것입니다. 이 사슬의 배합에 이상이 있을 경우 본인의 의도와 전혀 다른 생물체가 탄생하므로 기존의 리듬을 혼란시킬 우려가 있습니다.

그 후 생명체의 내부에 우주기운의 유통 경로가 되는 혈을 만들어, 스스로 기를 운용하여 우주의 구성 분자로서 역할을 할 수 있도록 하여야 합니다. 즉 이 '스스로'가 바로 생명체와 무생물의 구별 기준인 것입니다.

다 같은 우주의 구성 분자이되 생명체는 스스로 문제를 해결하는 수준에 달해야 하는 것이며, 스스로 해결할 수 없게 될 경우 무생물로 돌아가야 하는 것입니다. 이렇게 탄생하는 생명체의 영격은 자신을 만든 선인의 수준에 의해 결정됩니다.

이것은 생명체가 거주할 수 있는 별의 제작에 상당한 수련 정도와 기운이 필요하기 때문입니다. 선계 8등급 이상에 달해야 가능한 것이며, 이런 별의 제작으로 중등성에서 고등성으로의 승급이 허용됩니다.

제성 규정에 따르면 생물성의 최소한도 크기는 지구 정도는 되어야 하는 것입니다. 이보다 작을 경우 주主 생물성(지구와 같은 행성으로서 생물체가 거주할 수 있는 별. 태양과 같은 주성은 에너지의 공급원으로서의 역할을 가지며 생물체가 거주할 수 없다)보다는 보조 생물성(달과 같은 위성으로 존재하지만 생물체가 거주하는 별)으로서의 역할이 주어지는 것입니다.

42

또한 어느 한 태양계의 기존 질서를 흐트러뜨리지 않는 범위 내에서 신성新星을 배치하여야 하며, 이 별의 배치로 해당 태양계가 더욱 발전할 수 있어야 가능한 것입니다.

수련생들의 수준에서는 제성이 상당히 어려운 일일 뿐 아니라 별을 만들었다고 해도 배치 장소가 있어야 하는데, 생물성의 경우 기존 생물성이 존재하지 않는 태양계의 어느 부분에 놓을 것인지를 결정함에도 상당히 깊은 판단을 필요로 합니다.

별의 배치가 기존 별들의 인력에 영향을 주지 않아야 하며, 이 별이 들어가서 해당 태양계가 더욱 활성화되려면 기운이 서로 상생하는 분위기가 조성되어야 하는데, 이러한 모든 것이 기인氣人의 입장에서는 쉽고 당연한 일이나, 수련생들의 입장에서 판단하기에는 난도가 높아 그동안의 수련을 마무리하는 가장 중요한 행사가 되는 까닭입니다.

오리 성단 운영 회의에서 광막을 치고 논의해야 할 만큼 중대한 주제는, 수련생들의 난도 높은 생물성 제작에 관한 것이었습니다. 이러한 중대 결정은 차후 타 성단의 결정에도 영향을 미치며, 우주 운영의 방침에도 영향을 줄 수 있는 것입니다.

따라서 오리 성단 운영 회의가 광막 속에서 조심스레 논의해야 할 만큼 큰일이었던 것입니다. 이러한 회의의 내막을 알고 나서 저는 제 앞에서 아주 맑고 가는 파장으로 회의에 참석하고 있던 화담 선생의 수련 정도에 경의를 표하지 않을 수 없었습니다.

당시 저는 우주에서 가지고 있던 모든 것을 다 버리고 순수하게 지구에서 배운 지식만으로 모든 것을 판단하는 이 정도면, 더 이상 지구에서 배울 것이 없을 것이라고 생각하였습니다.

화담 선생의 극도로 가늘지만 장대하고 강력한 파장을 보고, 배움의 끝은 한이 없고, 앞으로 피나는 수련을 수도 없이 거듭하여도 과연 금생에 완성할 수 있겠는가 하는 생각이 들었습니다.

오리 성단 회의의 결론은 생물이 거주할 수 있는 별은 만들되 생물은 제작지 못하도록 결정을 하였습니다. 따라서 이번의 제성은 무생물성이되 생명체가 거주할 수 있는 조건을 지닌 별을 만드는 것입니다. 따라서 앞으로 생명체를 만들어 옮겨놓거나, 아니면 제성한 별에서 생명체가 발생하는 것은 무관하되, 처음부터 생명체가 있는 별을 만든다는 것은 허가되지 않는 것이었습니다.

아주 타당한 결론인 것으로 보였으며, 아직 수련이 종료되지 않은 수련생이 생물성을 만든다는 엄청난 일은 다소 유보되는 것으로 보였습니다. 그러나 그 자리에서 재론되는 내용을 보면 생물성이 될 별을 만들되, 본인들이 선계 2등급이 될 때까지는 그 별에 생물이 존재하지 않도록 한다는 것이었습니다.

43
우주에서는 전원 합의제

우주에서의 모든 일은 전원 합의에 의하여 시행되며, 전원 합의가 아닌 일은 토론을 통하여 합의에 이르도록 하는 것이 관행화되어 있었습니다. 전원 합의가 안 되는 것은 구성원이 일치된 파장을 형성하는 데 지장을 초래하며, 언젠가는 우주 전체의 일치단결에 흠을 남긴다는 전제하에 전원의 합의를 유도하는 것입니다.

금번의 일만 해도 우주 전체의 구성원이 모여서 합의를 도출하는 데 걸린 시간은 느낌상으로는 약 30분 정도인 것 같았으나, 지구에서 흐른 시간은 1시간 반 정도였습니다. 이렇게 짧은 시간이 우주에서 몇 개월이 되는 경우도 있고, 우주에서 긴 시간이 지구에서 상당히 짧은 시간이 되는 경우도 있으므로, 전체적으로 우주의 시간과 지구의 시간을 비교할 수는 없습니다. 이와 같은 시간의 편차는 길게는 2,000배에서 짧게는 1/6 정도까지 차이가 나는 것 같았습니다.

당시 저는 화담 선생께서 회의에 참석하시는 것을 지켜보다가, 오리 성단의 회의가 끝나는 것을 기다려 선생께서 계시는 곳으로 다가갔습니다. 선생은 마당가에 서서 하늘의 파장을 받아 회의 내용을 확인하시고 다시 집으로 들어가시는 중이었습니다.

선생이 마당에서 방으로 걸음을 옮기시는 순간 저의 걸음은 마당가에 도달하였습니다.

선생께서는 저를 돌아보시며,

"그만 들어가서 자지 않고 무엇하느냐? 다음에 다시 들르거라."

라고 말씀하셨습니다.

저는 그 자리에서 무릎을 꿇고 선생께 인사를 올렸습니다. 얼마간을 그러한 자세로 있었는데도 아무런 인기척이 없었습니다. 이상한 느낌에 고개를 들어 앞을 보자 선생께서는 이미 방으로 들어가신 뒤였습니다.

자연의 기운을 완벽히 감지하던 저의 감각마저도 선생의 앞에서는 마비되는 듯하였습니다. 아무런 소리도 없는 가운데 선생은 이미 들어가셔서 주무시는 소리가 들렸습니다. 저와의 파장의 차이는 이렇게 나타나는 것이었습니다.

가만히 하늘을 바라보고 있던 중 커다란 별똥별 하나가 떨어져 내렸습니다. 잠시 후 작은 별똥별 하나가 그 뒤를 따라 떨어졌습니다. 회의를 보고 난 후의 저의 눈에는 이들이 우주에서 보내는 전령 같았습니다.

갑자기 제가 바라보고 있는 하늘이 전부가 아니라는 생각이 들었습니다. 저는 이제까지 하늘의 일부만을 바라보고 있었던 것입니다. 저는 하늘의 30%도 안 되는 부분을 간신히 해독하며, 하늘의 전부를 들여다보는 듯 착각하였던 것입니다.

하늘은 저의 생각보다 훨씬 더 깊고, 높으며, 넓었습니다. 이러한 하늘을 느끼는 순간 그동안 제가 쌓아올린 지식은 모래성같이 무너져 내렸습니다. 더 이상 자랑할 것이 없었습니다.

44

저의 공부는 공부랄 게 없었습니다. 공부라면 하늘에서 벌어지고 있는 무엇이라도 알 수 있고, 어디든지 볼 수 있는 안목이 열리는 공부를 했어야 하는데, 저의 수준에서는 파장이 굵고 짧아 하늘 깊은 곳의 아무것도 알 수 없었으며 표면적인 것만 보고 있었던 것 같았습니다.

이러한 상태로는 하늘의 일부밖에 안다고 할 수도 없었습니다. 하늘의 전부를 알기 위해서는 수없이 많은 시간을 보다 낮은 파장으로 가라앉혀야 함을 알았습니다. 허나 그렇게 낮은 파장을 익히는 데 들여야 할 시간은 당시의 제 수준으로는 일생을 걸고 노력해도 될까 말까 한 것이었습니다.

하늘의 모든 것을 거의 알고 있었다고 생각하였던 저의 자만은 순간 절망으로 뒤덮였습니다. 이제까지 산전수전 다 겪으며 공부해서 이제는 어느 정도의 단계에 올랐다고 생각하였던 것이, 진정으로 하늘의 뜻을 깨우치는 데는 아무런 도움도 되지 못함을 깨달았습니다.

현재의 방법으로 계속 수련한다는 것은 의미가 없을 것 같았습니다. 공부 방법을 바꾸기 전에는 무리였습니다. 가만히 하늘을 쳐다보았습니다.

나의 고향 성단 중의 하나인 오리 성단을 쳐다보자 그때서야 구름이 갠 하늘처럼 맑은 본래의 모습이 보였습니다. 모든 것을 공명정대하게 처리하며, 일점의 불만이 없도록 세밀히 처리하는 오리 성단이 더없이 자랑스러웠습니다.

중대한 결정에 앞서 광막으로 보안을 유지하는 것은 기존의 관례일 뿐 누구를 속이거나 감추자는 의도가 아니었습니다. 의사결정 과정이 끝나고 나면 다시 맑은 상태에서 파장을 읽을 수 있는 사람이면 누구나 알 수 있도록 기존의 모든 과정을 공개하는 것이었습니다.

졸업을 앞둔 수련생들은 생물성의 제성에 바쁜 모습이었고, 다른 선인들은 그대로 자신의 일을 하고 있었습니다. 제가 선계에서 수련을 마치고 제성을 할 때의 생각이 떠올랐습니다.

당시 저는 선계의 수련생 중 신속한 진도로 다른 수련생보다 앞서 수련을 해나가고 있었습니다. 이때 수련생들이 하고 있던 수련 중의 하나로는 제물製物 수련이 있었습니다. 자신이 만들고 싶었던 어떠한 물건을 만드는 수련이었습니다.

주로 자신이 오랫동안 생각하고 있던 물건을 만드는데, 가끔은 자신이나 다른 선인들의 수련을 위한 자그마한 산이나 강, 바다 등을 만드는 경우도 있었습니다. 자그마한 산이라고 해도 지구에 있는 산과 비교하면 중간 정도 이상, 즉 백두산 정도의 규모입니다. 산의 크기가 행동에 제약을 가하는 것은 아닙니다만, 어느 정도 이상이 되면 주변의 환경이 달라지기 때문에, 중간 이상의 규모를 제작하는 것을 선호하였던 것입니다.

45
UFO도 선인들의 작품

그래서 진성 선인 후보생들은 이러한 제물 수련 시 자신의 파장을 다듬는 수련을 하곤 합니다. 따라서 본인의 파장이 어느 정도 가라앉았느냐에 따라 제작된 물건의 형상이나 그 물건이 발생하는 파장이 달라지게 됩니다.

한 번 주입된 파장은 그 물건이 용도를 다하고, 사라지거나 기적으로 강력한 파장에 흡수되기 전까지는 영원히 그 파장을 발생하게 되므로, 제인製人의 파장의 순도가 지속적으로 남아 있게 됩니다.

제가 제물 수련을 할 때에도 기존의 무생물성에 그러한 자국을 남기며 수련을 하고는 했었습니다. 이러한 제물 수련을 80% 이상 익혔을 경우, 기인이 아닌 수련생들을 성간 이동시키는 데 필요한 물건을 제작할 수 있는데 이것이 바로 UFO입니다.

UFO는 다양한 용도에 사용되고 있으며, 기인의 조종 없이 스스로 임무를 수행하는 경우도 있는 것입니다. 이 UFO는 기운 그 자체로서 시간과는 무관하게 작용하므로 필요시 필요한 시간대에 나타날 수 있습니다.

이들은 제물 수련 도중 한 별에서 제물이 끝나면 다른 별로 이동하여 제물을 하곤 했으며, 이때의 이동 속도는 사속(思速 : 생각의 속도)의 30% 정도였습니다. 우주에서 완벽한 성간 사속 이동의 조건은 100% 순수한 마음입니다.

기적氣的인 순수만큼 우주에서 중요한 것은 없었으며, 이것은 가장 존경 받을 수 있는 조건이며, 이것만큼 무서운 것도 없습니다. 인간 역시 기적으로는 사속 비행이 가능하나 잘 안 되는 이유는 첫째, 어디가 어딘지 모르므로 가고 싶은 데를 결정할 수 없음에 기인하는 경우입니다. 둘째, 사속 비행이 가능할 만큼 기적으로 순수하지 못하기 때문입니다.

사속 비행은 자신의 역량의 집중도에 의해 결정되며, 인간 역시 100% 자신의 역량을 집중할 수 있으면 가능합니다. 선인들은 고도의 수련으로 집중도가 순식간에 어마어마하게 증가하고, 이 증가한 집중력이 본인이 원하는 곳으로 기운을 이동시키는데, 기운의 이동은 본인까지 이동시키는 것입니다. 이러한 이동에 걸리는 시간은 동시이므로 사속 비행이 가능한 것입니다.

우주에서 비행이라는 말은 없습니다. 이동이라는 말이 있는데, 이 이동이라는 개념도, '움직여서 다른 곳으로 간다'는 의미보다는, '이곳에 있다가 동시에 다른 장소에 다시 나타난다'는 의미로 해석하는 것이 더 맞는 말입니다.

따라서 지구에서 집중도를 충분히 높여 놓으면 영계에서의 수련이 한결 쉬우며, 선계로의 복귀 시에도 결정적인 도움을 받을 수 있습니다. 재등급 부여는 파장의 순도에 따라 결정되는 경우가 많으며, 이 기준은 또한 절대적이기도 한 것입니다.

선계에서는 시간의 의미가 없는데, 이유는 기적 순도에 따라 시간과 무관하게 생활할 수 있는 까닭입니다. 과거와 미래가 없고 어느 시간대에 있든 현재이므로 언제 적 일이든 항상 손안에 있는 것입니다.

46

시간이 의미가 없는 이유는 시간에 구애받지 않고 생활하므로 그렇게 볼 수 있는 것입니다. 시간에 구애받는 것은 수련 중일 때이며, 수련이 종료되고 나면 자신이 필요한 시간을 자신이 조종할 수 있으므로 시간이란 선인들에게는 사실상 별 의미가 없다고 할 수 있습니다.

시간의 필요성은 선인들이 책임지고 있는 별들에서 생활하는 비선인非仙人들에 대한 기준으로서만 있는 것입니다. 이러한 가변적인 시간대의 운용은 전 우주에 공통적인 현상입니다. 따라서 우주에 속해 있는 모든 세계가 이러한 상호 가변적인 시간대에 의해 운용되고 있는 것입니다.

지구와 같이 지정된 시간으로 운용되고 있는 별과 가변 시간대를 운용하는 별 간의 차이는 진화의 등급이 다르다는 것입니다. 진화도 60% 이하의 별에서는 지정된 시간이 운용됩니다. 이러한 지정된 시간대로 운용되는 별에서 이 기준을 벗어나는 것은 본인의 노력입니다. 즉 '선계수련'을 함으로써 시간대의 자유로운 운용이 가능케 되는 것입니다.

시간의 자유로운 운용은 다양한 변화를 가능케 하나 이러한 운용이 100% 선인들에게만 주어지는 것은, 이들만이 시간의 자유로운 운용에도 스스로 방종하지 않고 자율 체계를 유지할 수 있는 까닭입니다.

따라서 이들은 과거와 미래의 개념이 별로 없이 항상 일정한 선상에서 업무를 처리하고 있으며, 항상 되돌려 다시 할 수 있는 까닭에 별로 구애받지 않을 수 있는 것입니다. 하지만 선인들이란 거의 100%의 순도로 작업을 하고 있으므로 되돌릴 일은 없습니다.

인간의 경우 제한된 시간을 가지고 수련을 하므로 많은 구속을 당하고 있는 것 같으나, 사실상은 상당한 혜택을 받고 있다고 할 수 있습니다. 혜택이라 함은 우주에서 순간이라고 할 수 있는 한 갑자 남짓한 시간 중 성장 기간 20여 년을 빼고, 나머지 기간 통산하여 불과 40여 년 동안에, 우주의 시간으로 보면 순간에 불과한 시간을 가지고 영원에 가까운 성취를 할 수 있다는 것은, 우주 자체에서 기적氣的인 몸만으로는 불가능한 것이라고 할 수 있기 때문입니다.

이러한 수련이 가능한 이유는 인간의 마음이 지고 있는 몸이란 짐이 엄청난 부하를 주는 까닭에, 이 몸이 사라지고 마음만 남았을 때 상상할 수 없는 가속도를 얻게 되는 것입니다. 즉 무거운 짐을 지고 수십 년을 걷다가, 짐을 내려놓고 나면 몸이 가벼워져서 거의 날아갈 수 있을 만큼의 속도로 뛰어갈 수 있는 것과 같은 이치입니다.

이러한 인간에게 주어지는 가장 큰 혜택은 변수입니다. 변수란 인간을 극적으로 발전시킬 수 있는 것입니다. 이 변수는 인간의 마음이 환경과 상호 작용하여 만들어내는 것이지, 하늘이 만드는 것이 아닙니다. 하늘의 뜻은 항상 일정하여 어느 일이든 정해진 바가 있으며 이것은 우주를 조화시키는 가장 중요한 요소 중의 하나인 것입니다.

47

하늘은 항상 인간의 마음을 읽고 있으나 그대로 해주는 것은 아니며, 인간의 정성에 따라 도움을 주기도 하고, 안 주기도 하는 것입니다. 인간이 바라는 것과 하늘이 해주는 것의 차이는 이렇게 정성으로 구분되는 것이며, 정성이란 마음이 얼마나 순도에 가까운가에 달린 것이므로 이 정성의 기준은 본인의 마음 씀씀이에 따라 결정되고 측정되는 것입니다.

저는 파장을 낮추기 위하여 수많은 세월을 다시 공부에 전념키로 했습니다. 하지만 그 방법은 선생의 지도 없이는 불가한 것이며, 혼자 수련하는 것으로는 파장을 저하시킴에 한계가 있음을 알았습니다.

파장이 저하되기만 하면 대상을 불문하고 어느 누구하고든 대화가 가능하며 어떠한 상대와도 직접 문제를 해결할 수 있음을 알았습니다. 광막은 물론이고 그보다 더한 차단 장치도 파장으로 투과가 되는 것입니다.

그렇게 되면 자연히 등급이 상향 조정되므로, 더 이상 숨어서 다른 선배 선인들의 파장에 얹혀 바라볼 필요가 없는 것입니다.

우주에서 등급은 곧 파장으로 구분되는 것이기 때문입니다.

저는 화담 선생의 제자가 되기 위해 선생의 집으로 다시 찾아갔습니다. 선생의 집은 당시 경기도와 황해도가 경계를 이루는 지점으로서, 개성에서 북서쪽으로 약 5km 정도 떨어진 곳에 있었습니다. 주변에 인가가 별로 많지 않았으며, 가족도 처와 3남 1녀, 일꾼 1~2명으로 단출한 집이었습니다.

화담 선생의 집을 찾아간 저는 선생의 집 앞에서 한참을 무릎 꿇고 엎드려 거두어주시길 빌었습니다. 당시 선생의 집은 빈 것 같았으며 아무도 없는 것처럼 보였습니다. 선생은 가끔 집을 비우고 장기 출타를 하는 경우가 많았으며, 그때가 바로 장기 출타 중인 때였습니다.

선생이 장기 출타 중일 때는 아무도 집에 없는 경우가 많았으며, 선생의 가족들마저도 아무나 선생의 방에 들어가지 않으므로 저는 그저 기다릴 수밖에 없었습니다. 며칠을 기다린 후 어느 날 새벽, 저는 밤하늘을 바라보다 문밖에서 잠이 들었습니다.

잠결에 무슨 소리인가가 들렸습니다. 수많은 사람들이 걸어오는 소리였습니다. 한두 사람이 아니고 아주 많은 사람이 걸어오는 소리였습니다. 당시 선생의 집으로 들어가는 길은 그리 넓지 않은 2~3m 정도의 넓이로서 한 번에 다섯 명 정도가 옆으로 서면 더 이상 설 수 없음에도, 아주 많은 한 떼의 군중이 걸어오는 소리가 들리는 것이었습니다.

적어도 수백 명에서 많으면 수천 명에 이르는 사람들이 떼 지어서 걸어오는 소리였습니다. 축시(丑時 : 새벽 1~3시), 주위가 고요한데 이러한 많은 사람들이 걸어오는 소리는 저의 감각을 긴장시켰습니다. 아무런 말도 들려오지 않는 가운데 그냥 걸어오는 소리였습니다.

48
풍보법으로 걷는 서경덕 선생

선생께서 오시는 소리라는 것을 알지 못하고 있던 저는 점점 소리에 깊이 빠져들었습니다. 옆에 있던 강아지도 조용히 있는 것으로 보아 듣지 못하고 있음이 분명하였습니다. 개의 청각에도 감지되지 않고 있던 소리가 저에게 들리고 있었던 것입니다.

하늘에서 들려오는 소리였습니다. 가까운 하늘에서 들려오고 있었습니다. 아주 낮은 하늘이었습니다. 사람의 키보다 약간 높은 정도의 아주 낮은 하늘에서 들려오는 소리가 점점 가까워지고 있었습니다.

그 소리는 수많은 영혼이 걸어오는 소리였습니다. 일반인의 입장으로 보면 기계氣界의 영혼들이 걸어오는 소리였습니다. 저승, 즉 기적인 세계의 영혼이 걸어오는 소리이므로 이승의 보통 사람은 파장과 차원의 차이로 알아들을 수 없었던 것입니다.

그 많은 사람들이 걸어오는 맨 앞에 한 사람만이 바람같이 소리를 내지 않고 걸어오고 있었습니다. 말로만 듣던 풍보법이었습니다. 당시 지상에서 풍보법(바람과 같이 이동하며 그 움직이는 소리가 완전히 자연의 파장과 일치하여 사람은 물론 동물의 귀에도 들리지 않음)을 사용하는 사람이 흔치 않았으며 저도 아직 보기 전이었습니다.

이 풍보법은 축지와 달라 공기가 있는 곳에서만 사용하되 그 공기의 흐름을 바꾸지 않고 걸어가는 방법입니다. 공기를 가만히 밟고 지나가되 그 공기의 구성을 바꾸지 않으므로 누구도 지나간 것을 알 수 없는 방법입니다. 따라서 주변에서 공기의 흐름을 전혀 감지할 수 없으며 지나간 후에도 어떠한 자국이 전혀 남지 않는 방법입니다.

속도는 자신이 수련한 만큼 낼 수 있으며, 화담 선생의 경우 현재의 음속의 13~20배 정도를 낼 수 있는 수준으로서, 당시 하룻밤에 아프리카까지 천도를 위하여 다녀올 정도였습니다. 이러한 보법은 인간이 기적氣的으로 최상의 경지에 이르러, 몸을 지니고도 속俗에서 거의 사속에 가까운 속도로 주행할 수 있을 경우 사용할 수 있습니다.

이러한 수련을 위한 특별한 방법은 별로 없으며 기적으로 맑고, 몸이 가벼워지다 보면 저절로 터득되는 방법입니다. 아주 맑아져야 하므로 어떠한 물체라도 통과할 수 있으나, 약간의 잡념이라도 있으면 파장이 흐려져 때로는 바다에 떨어지는 경우도 있으며, 사속 시라면 통과할 수 있는 물체에 부딪혀 부상을 입을 수도 있는 것입니다.

따라서 그만큼의 위험도가 있어 가급적 완벽한 상태가 아니면 사용을 금하고 있는 방법입니다. 선생은 이 방법을 사용하여 지구의 각지에서 천도되지 못한 영들을 거두어오셔서는 교화시켜 천도하시고 계셨던 것입니다.

이번에는 검은 피부를 가진 사람과 하야 피부를 가진 사람이 함께 섞여 있었으며, 그 머리털의 빛깔도 다양한 것으로 보아 세계 각지를 다녀오시는 것이 분명하였습니다. 3박 4일 정도의 출타 기간 동안 선생은 각지의 천도되지 못한 영혼들과 교류를 가지시며 천도를 위한 준비를 하시는 것이었습니다.

49
우주에서 사용하는 파장은 40~50만여 종

이들이 대화를 하지 않고 오므로 아무 말도 들리지 않는 것이 아니었습니다. 외관상으로는 아무런 움직임이 없는 것처럼 보였으나 자신들끼리 부지런히 파장을 주고받으며 대화를 하고 있었던 것입니다. 자신들끼리 대화를 하고 있었으나 저한테는 들리지 않았던 것입니다. 제가 들을 수 없는, 또 다른 파장이었던 것입니다.

우주의 파장은 너무나 다양하여 제가 지구에서 한 수련으로는 들을 수 없는 파장이 너무나 많이 있었습니다. 이들이 사용하는 파장은 영계의 파장으로서 일반적인 수련으로써는 청취가 불가능한 파장이었던 것입니다.

우주에서 사용되는 파장은 약 40만~50만여 종이 있으며 이 중 인간이 청취 가능한 파장은 최대한 약 10~20% 정도입니다. 인간의 귀로는 들을 수 없는 수많은 파장이 우주를 움직이고 있는 것입니다.

가청 주파수 이외의 파장은 귀 이외의 다른 감각으로 들어야 하는데, 이것은 어떠한 감각도 발휘할 수 있는 상단전과 사람의 마음을 움직임으로써 세상의 변화를 이끌어내는 중단전에서 수신하는 것입니다.

상단전은 보다 세밀한 기법에 관련된 파장을 송수신하며, 중단전은 보다 근본적인 면에 가까운 파장을 송수신합니다. 인간의 수련 정도가 어떠한 단계에 도달했는가 하는 것은 중단전에서 발생되는 파장을 수신함으로써 확인이 가능합니다.

우주에서 이 수많은 파장을 수신하고 해독하기 위해서는 너무나 많은 세월을 수련으로 일관하여야 했습니다. 수신 시 아주 미세한 파장도 전혀 이상 없이 수신할 정도의 감도를 지니려면 상·중단전은 물론 온몸의 세포가 청각 세포화하여야 되며, 청각 세포화하는 중에도 아주 미세한 파장까지 수신할 정도의 고감도 세포가 되어야 하는 것입니다.

이러한 수신 내용이 상단전과 중단전으로 연결되는 것입니다. 어느 방향에서 오는 파장이든 전부 수신하고 이 파장을 분석하여 필요한 장소에 기억시키고, 다른 사람에게 전송하며, 자신에게 불필요한 내용은 필요한 사람에게 파장을 반사시키는 고도의 기법이 상용되는 곳, 선계의 한계는 끝을 모를 정도였습니다.

끝을 알 수 있다면 이러한 저의 고생이 필요 없을 것 같았습니다. 과연 선계에 진입하고도 이 파장의 모든 것을 해석할 수 있을까 싶은 생각이 들었습니다. 수많은 날들을 수련하여 선계에 있을 당시에는 이상 없이 수신, 해독하였으나 지상으로 내려오면서 버리고 내려왔던 기능들이 다시금 필요해지는 시간이었습니다.

하지만 지상의 수련은 영계 수련의 천 배, 만 배의 효과를 낼 수 있는 수련인지라, 지금에 와서 잘못했다는 생각이 드는 것은 아니었습니다.

50
천상에서의 천도재 광경

저만치 행렬이 다가왔을 때 앞에 선 화담 선생의 모습이 보였습니다. 도포를 펄럭이며 아주 가볍게 걸어오시는데, 키가 상당히 크신 것으로 보여 자세히 보자 지상에서 30cm 정도 떠서 걸어오시는 것이었습니다.

그 뒤로 수많은 천도되지 못한 영혼들이 따라오고 있었습니다. 영혼 행렬의 뒤로 이들을 천도시키기 위한 선인들의 행렬이 이어져 있었습니다. 이들은 각자 천도에 필요한 다양한 장비를 들고 있었으며, 이 장비의 종류에는 각종 악기와 만장처럼 보이는 다양한 문양文樣들이 있었습니다.

북, 꽹과리나 조그만 기타처럼 생긴 것을 들고 있는 사람, 길이 1m 정도의 손가락 굵기의 막대 두 개를 젓가락처럼 들고 있는 사람, 팔뚝 굵기에 2m가량 길이의 막대기 한 개를 들고 있는 사람, 위에는 각종 실로 만든 술이 달려 있고, 그 아래로는 직경 25~30cm 정도의 거울이 달려 있는 장대를 들고 있는 사람, 2m 정도 길이의 장대 끝에 백열전구와 같은 모양이 달려 있는 것을 들고 있는 사람도 있었습니다.

이 외에도 수많은 이름 모를 장비들이 선인들의 손에 들려 있거나 등에 매여 있었습니다. 나중에 알고 보니 이들은 천도한 영혼의 숫자에 의해 자신의 업적을 인정받는 준선인準仙人들이었습니다. 선계의 가족이기는 하되 정식으로 등급을 부여받지 못하고 있으며, 그럼으로 인하여 등급을 부여받은 정식 선인의 휘하에서 다양한 업무를 처리하고 있었던 것입니다.

선생이 집 앞에 도착하시자 그 뒤를 따르던 천도시킬 많은 영혼들이 그 뒤에 멈추어 섰습니다. 이들 영혼들이 이번에 천도될 차례인 것 같았습니다. 이들은 행사를 치르며, 제가 옆에 있는 것에 대하여 전혀 신경을 쓰지 않는 눈치였습니다. 아니 모르고 있는 것으로 보였습니다.

이들 영혼의 뒤로 천도를 담당할 준선인들이 서서히 주변을 에워싸고 있었습니다. 천도될 영혼은 약 50~60여 명 정도 되었으며, 영혼을 천도시킬 준선인들은 약 80~90명 정도 되었습니다. 이들 준선인들이 선생의 지휘에 따라 주변 정리를 하며 천도 준비를 시작하였습니다.

이들이 준비를 시작하자 하늘에서 선녀 2~3명과 함께 오색 기운이 김처럼 모락모락 서려 내려오는데, 그 기운이 지상에 거의 내려오자 기운으로 만들어진 상 위에서 각종 과일로 바뀌는 것이었습니다. 과일이 차려지자 상의 양쪽에 촛불이 켜졌습니다. 영계의 촛불이었습니다.

이 촛불이 켜지고 난 후, 기운을 가지고 내려온 선녀들은 공중으로 30m 정도 올라가서 내려다보며 대기하는 것이었습니다. 이들은 천도재가 끝나면 기운을 거두고, 천도된 영혼을 안내하여 올라가는 역할을 맡고 있는 것 같았습니다.

촛불이 켜지고 나자 영혼들의 얼굴이 드러나 보였습니다. 이들의 외모는 사람이었으며 도포와 같은 옷을 입고, 머리에 두건을 쓰고 있었으나 촛불에 비친 얼굴은 거의 사람이라고 할 수 없는 해골의 형상이었습니다.

51

천도를 할 때는 잔존해 있는 기적氣的인 시신屍身을 입고 재를 지내는 것으로 보였습니다. 이들 중에는 이미 사망한 지 오래되어 그나마 남아 있는 시신이 과연 이 정도일까 생각될 정도로 부패해 있는 경우도 있었으며, 도포의 안을 보면 아마도 거의 내용물이 없을 것 같은 모습까지도 있었습니다.

언뜻 보기에 사망한 지 적어도 10~20년 이상 된 것으로 보이는 시신을 입고 있는 영혼도 있는 것 같았습니다. 하지만 명당 여부, 자신과의 인연 여부 등 매장 장소와 여타 조건에 따라 시신의 상태에 너무 많은 차이가 나므로, 남아 있는 육신만 보고 판단할 수 있는 것은 아니었습니다.

이러한 정황을 볼 때, 육신이 아주 사라져 버리면 영혼이 순화되었음에도 이러한 방법으로는 천도가 불가하며 영계에서 다른 방법으로 처리되어야 하는 것으로 보였습니다. 그러나 육신이 완전히 사라지는 것은 상상외로 오랜 세월을 요하는 것으로 보아 95% 이상이 가능한 것으로 생각되었습니다.

이들의 앞으로의 운명은 선생의 처리하시는 바에 따라 달라지는 것으로 보였으며 선생과 인연이 닿은 것은 영혼 상태로 있던 중 자신의 노력으로 일정 한도 이상 순화되어 하늘이 규정한 기준을 초과하여 하늘에 감지되었을 때 선생께 연결되는 것 같았습니다.

영혼으로 있으면서 순화 정도가 향상된다는 것은 인간으로 있으면서 순화되는 것에 비하면 수만 배의 어려움이 있습니다. 기氣를 결집시켜 변화를 가져오는 것이 아니므로, 허공에서 흩어지는 기운을 변화를 위해 결집시켜 잡고 있는 데만도 상당한 힘이 드는 까닭입니다. 자신의 주변 기운 모두를 정화시켜야 하며, 이러한 노력은 상상외의 기운을 필요로 합니다.

따라서 인간으로 있으면서 생명이 막 떠난 시점에서 얼마 안 되어 자손들이 49재를 지내서 천도해주는 경우는 엄청난 혜택을 받은 것이라고 할 수 있습니다. 자손들의 뜻에 의해 천도되는 것은 본인의 뜻에 따라서 천도되는 것과 가장 비슷한 효과를 내게 됩니다. 이러한 것 역시 본인의 생시의 업에 따라 결정되는 것이므로 본인의 마음이 가장 중요한 변수인 까닭입니다. 이유는 본인이 지상에 남겨둔 가장 가까운 기운은 자손들이므로 본인이 노력한 것과 가장 비슷한 결과로 남는 것입니다.

이들이 다 모이자, 선생은 아직까지 이들을 데리고 올 때 이들에게 등을 보이고 있던 상태에서 뒤로 돌아서셨습니다. 선생의 앞에는 제물이 차려진 상이 놓여 있고, 그 상의 앞에 영靈들이 선생을 마주 보고 서 있으며, 이 영혼들의 뒤에 천도시켜줄 준선인들이 서 있는 것입니다.

52

이들이 모여 있는 모습은 정말로 경건하였습니다. 주변은 고요하였으며, 아무 소리도 나지 않았습니다. 인간이 이렇게 오로지 경건함으로 주변을 가득 채울 수 있음은 선계에서나 가능한 일일 것입니다.

이들은 제가 계속 행사를 지켜보고 있었음에도 여전히 옆에 누군가가 있는 것을 알아차리지 못하고 있었습니다. 다만 선생만은 저에게 일정한 파장을 보내주고 계셨습니다. 아주 가늘고 강한, 너무 가늘어 있는 듯 없는 듯한 기운의 파장이지만 너무나 강한 기운이기도 했습니다. 하지만 선생의 파장은 다른 사람들이 알지 못하는 가운데 저에게만 보내지는 것이었습니다.

주변을 둘러보니 이 행사가 벌어지기 전에 제가 서 있던 자리는 선생의 집 마당이었으나 선생의 집은 어디로 가고 아무것도 없는 허허벌판의 한가운데서 행사가 치러지고 있었던 것입니다.

주변의 어디에도 사람의 기척이라고는 없었습니다. 그저 풀과 나무만이 바람 한 점 없는 가운데 치러지는 이 행사를 지켜보며, 정적을 깨뜨릴까 걱정되는 모습으로 자리를 지키고 서 있을 뿐 전혀 아무런 소리도 나지 않았습니다. 평소 그 많던 곤충도 한 마리 없는 완벽한 식물의 세계였습니다.

많은 풀들이 전혀 흔들리지 않고 조용히 있는 가운데 식이 진행되고 있었습니다. 이 풀과 나무 역시 행사 참가자였습니다. 지금 행사 중인 사람들을 둘러싸고 있는 기운은 하늘에서 내려온 기운과 땅에서 발원되어 하늘로 올라갔던 기운이 다시 한 줄기로 엮이어 내려오고 있는 것이었습니다. 이들 풀과 나무는 가장 순수한 기운을 위로 올려보내고 있었습니다.

가만히 보고 있던 중 의식을 치르고 있는 모든 참가자들이 점차 하나의 기운으로 뭉쳐지고 있었습니다. 그 자리에 속한 모든 사람들이 기운상으로 하나가 되어 가고 있었습니다. 모든 이들의 주변을 가늘고 긴 흰색 기운이 엷게 감싸고 돌기 시작하였습니다. 아주 엷은 흰색 기운이었습니다.

모든 참가자들이 이 기운을 조용히 들이마시기 시작하였습니다. 기운이 점차 밝아져 가고 있었습니다. 밝아져 가는 기운에 실려 이들의 모습이 점점 환히 드러나 보였습니다.

53

이들을 감아 싸고 돌고 있던 흰색 기운이 점점 진해지자, 하늘에서 내려온 빛은 영체들이 있는 부분을 '스포트라이트'처럼 비추고 있었습니다. 기운을 호흡하는 준선인들의 얼굴에 점차 화색이 돌고 있었습니다. 이들은 기운이 충전되자 몸의 형태가 점차 장대한 거한으로 바뀌어가고 있었습니다.

이 준선인들과 영체(영혼이 몸을 가지고 있는 상태)들이 모두 흰색 기운에 감싸이고 있었습니다. 준선인들에게 둘러싸인 천도되지 못한 영혼들도 고개를 들고, 조심스레 기운을 마시며 호흡을 하기 시작하였습니다. 호흡을 하는 영체들이 두 부류로 나누어지고 있었습니다.

한 부류는 점차 생기를 찾아가고 있었으나, 한 부류는 점차 숨이 가빠지고 있었습니다. 일정 기준을 통과한 순화된 영혼들은 선생의 지도에 따라 준선인들의 기운과 점차 하나로 통일되어 가고 있었습니다. 이미 어느 정도 순수함을 가진 영혼들이므로 동기만 부여되면 어느 단계를 뛰어넘어 동화를 이루는 것은 이들의 경우 얼마든지 가능한 것 같았습니다.

이들은 천도를 받지 못하고 영혼의 상태로 있던 어느 날 자각으로 동기를 부여받아 일정 기준에 도달할 만큼의 향상을 이룬 것으로 평가되었으므로, 이제 천도를 위한 시험을 받을 수 있는 단계에 이른 것 같았습니다. 이러한 것은 선계에서도 상당히 환영받는 천도라고 할 수 있습니다. 그러나 제대로 순화되지 못한 영혼들은 점차 호흡이 빨라지며 견디기 어려워하는 모습을 보였습니다.

선계의 기운을 호흡할 수 있는 경우는 이미 선계의 입적이 허용되는 것으로 보아도 무방할 것입니다. 허나 선계의 기운을 호흡함에 숨이 가쁜 현상이 나타나면 좀 더 순화 수련을 하여야 하는 것입니다.

이들의 차이는 기의 소화 능력에 있습니다. 기를 받아들인 후 잘 소화시켜 자신의 것으로 만들면 상당한 진전을 거둘 수 있으나, 받아들일 수 없거나 잘 소화시키지 못하면 부조화된 기운에 의해 기적인 타격을 받을 수도 있는 것입니다.

안쪽의 영체들이 모인 곳의 기운은 점차 진해지고, 외부의 준선인들이 서 있는 곳은 맑아졌습니다. 영체들이 있는 곳은 점점 밝아졌으며, 준선인들이 서 있는 곳까지도 그 빛으로 빛나고 있었습니다. 준선인들이 보기에는 영체들의 움직임이 보여도 영체들에게는 준선인들의 움직임이 보이지 않는 것 같았습니다.

54

60여 명의 영체들이 절반 정도는 맑아지고, 절반 정도는 힘겨워하는 모습을 보였습니다. 옆에서 지켜보던 준선인들이 숨 가빠하는 영체들을 부축하여 원판 밖으로 끌어냈습니다. 기운 충돌에 의한 타격으로 부상을 입은 것 같았습니다.

이들은 중심부에서 멀어져 기운 밖으로 나오자 호흡이 진정되며 점차 평상시의 상태를 되찾았습니다. 하지만 얼굴을 들지 못하고 한쪽으로 나가서 앉아 있는 것이었습니다. 영계에서 자신을 이끌고 오던 기운과 선계의 기운이 한 사람의 내부에 함께 존재하는 것이 용납되지 않는 것 같았습니다. 이들에게는 아직 영계의 기운이 많이 남아 선계의 기운으로 변화함이 어려운 것 같았습니다.

안쪽의 기운이 점점 맑아지며, 가라앉았습니다. 기운이 가라앉자 바닥에 서서히 돌고 있는 한 개의 커다란 원판이 보였습니다. 탈락하지 않은 사람들은 이 원판 위에 서서 바깥쪽을 바라보고 있었습니다.

원판 위에 서 있는 영체들은 점차 자신의 기운이 선계의 기운으로 바뀌어감에 따라 호흡이 편안해지는 것으로 보였습니다. 시간이 흐름에 따라 이들의 모습이 점차 바뀌어가고 있었습니다.

부패한 몸의 모습이 다시 되살아나고 있었습니다. 뼈만 남아 있던 사지에 남성들에게는 근육이 생겼으며, 여성들에게는 가슴과 엉덩이가 볼록하게 살아났습니다. 머릿결도 기름진 머릿결로 바뀌었으며, 의복도 점차 색깔이 입혀지며 은은한 원색으로 바뀌었습니다.

몸이 살아나고 의복이 정제되며 이들의 얼굴에 화색이 돌자 표정에도 점점 미소가 감돌았습니다. 이들은 기존의 원기 왕성했던 젊은 시절로 돌아가 당시의 기운을 찾아가고 있었습니다.

자신의 몇 평생을 통틀어 가장 아름다웠던 모습으로 돌아갔으며, 다시 선계의 완벽한 모습으로 바뀌고 있었던 것입니다. 너무도 모든 것이 생생하여 다시 살아날 수도 있을 것 같은 모습이었습니다. 살아 있을 때보다 더 생생하게 생전의 가장 화려하고 아름다웠던 모습을 찾아간 것입니다.

걱정이라고는 전혀 없는 완벽한 즐거움의 세계. 지금의 그들은 기적氣的인 인간이 되어 있는 것입니다. 이제 원판 위에는 선남선녀들만이 서 있었습니다. 하늘에서 빛이 비치며 오색 기운이 다시 내려오고 있었습니다.

55
서경덕 선생의 형형한 눈빛

완벽한 모습으로 바뀐 후 이들을 바라보시는 선생의 모습에서 한 점의 감춤이 용납되지 않음을 느낄 수 있었습니다.

살아 있는 눈빛…. 정말로 살아 있는 눈빛이었습니다. 형형한 눈빛이 온 우주의 모든 것을 꿰뚫어보며, 다스릴 수 있는 강력한 기운으로 가득 차 있었습니다.

필자가 수련을 시작한 이후 두 번째로 보았던 선인仙人의 눈빛과 같았다. 정말로 형형하다는 것은 이런 눈빛을 두고 하는 말이라는 것을 알았으며, 인간으로서는 감히 흉내 낼 수 없는 경지였다. 첫 번째 눈빛은 나의 스승이신 천강天降 선인의 것이었으며, 두 번째는 필자가 본성을 만난 이후 본 본성의 눈빛이었다. 필자는 남 선인과 텔레파시 대화를 할 때 남 선인이 말하는 장면을 영안靈眼으로 본다.

선생의 눈은 그 자체가 또 하나의 우주였습니다. 그 눈 속에 온 우주가 담겨 있었습니다. 선생의 눈빛은, 이 모든 것을 살피는 동안, 그 찬란하게 빛나던 영체들의 선계 진입 검증식이 빛을 잃을 정도로 빛으로 가득 차오르는 것이었습니다. 그 자체가 빛이 나고 있는 것은 아니나, 그 눈빛이 뚫고 나가는 힘에서 빛이 나고 있었습니다.

정말로 완벽한 눈. 그 이상의 눈은 이 우주에서는 존재할 수 없다고 생각되었습니다. 선생의 눈빛 앞에 지금의 이 모든 것들이 다 사라질 수도 있을 것 같다는 생각까지도 들었습니다. 갑자기 저 자신이 작아져 버리는 것 같은 느낌이 들었습니다. 저런 눈빛 앞에 감히 티끌만큼이라도 속일 생각을 한다는 것은 전혀 불가능할 것이라는 생각이 들었습니다.

이미 그 눈빛만으로 선생께서는 모든 것을 아시고 계심을 알 수 있었습니다.

풍기는 기운이 투명하기 이를 데 없으며 그 자체가 진리를 대표하는 눈. 기운의 바다, 우주 그 자체임을 여실히 증명해주는 눈.

감히 그 눈빛 앞에 서 있는 것만으로도 모든 것은 전부 밝혀지고 그 밝혀진 모든 것들이 산산이 부서져 버리는….

모든 선인들의 눈은 이렇지 않은가 생각되었습니다.

56
천도 중 한 영체가 갑자기 쓰러져

우주 최강의 눈이면서도 절대 공정한 판단의 기준을 가지고 있는 눈. 눈, 그 자체가 심판관이었습니다. 그 눈만으로도 충분한 심판이 되고, 그 결과마저도 전혀 의문이 없이 처리되는 경지….

선생의 눈빛을 보는 순간 갑자기 아무도 없는 것 같은 정적이 감돌았습니다. 잠시 후 선생의 눈빛이 모두를 살피고 지나갔습니다. 이러다가 전부 사라져 버리는 것은 아닐까 하는 생각이 들던 중 선생께서 갑자기 고함을 치셨습니다.

영체들이 이 소리를 받는 순간 이들에게서 빛이 나는 것 같았습니다. 영체들이 잠시 몸을 떨더니 다시 그 자리에 그대로 서 있었습니다. 이 고함을 놀라지 않고 받아들이며, 소리의 파장이 자신의 몸을 통과하여 나갈 때까지 아무런 내상도 입지 않아야 하는 것이었습니다.

이 고함은 우주의 파장이었으며, 이 파장을 받음은 곧 선계 진입 자격을 부여받는 것이었습니다. 이 고함은 순도 100%의 우주 기운으로서, 이 소리 속에서 견딤은 곧 우주의 진정한 일부가 되는 것을 말해주는 것이었습니다.

한 사람이 갑자기 앞으로 쓰러졌습니다. 수련을 하면서 자신의 기운을 다잡아 이러한 충격에도 흐트러짐이 없어야 함에도, 순간 잡념에 빠져 있던 영혼이 기운을 놓쳤던 것입니다.

기운을 놓치는 것은 선계에서는 있을 수 없는 일이나, 영계에서는 항상 의식을 강하게 집중해야 가능한 일이므로, 절대로 선인이 될 때까지는 의식을 놓아서는 안 되는 것입니다.

이 영체는 다시 일어서지 못하였습니다. 준선인들에 의해 원판 밖으로 나가자 다시 예전의 비참했던 그 모습으로 돌아가는 것이었습니다. 아마도 상당한 기일을 다시 수련으로 보내야 할 것 같았습니다.

준선인들은 자신들이 들고 있던 장구로 이들에게 기운을 보내기 시작하였습니다. 각 장구들은 나름대로의 기운을 형성하여 이들에게 나머지 기운을 보충해주고 있었습니다.

57

준선인들이 들고 있는 각종 악기가 다양한 파장을 보내어 영적인 변화를 줄 수 있는 음파 세척을 해주고 있었으며, 장대를 가지고 있는 선인들은 이 장대로 사방을 휘저으며 주변에 탁기가 서리지 못하도록 하고 있었습니다.

이 장대는 끝에 조그만 구멍이 나 있어, 한 번 휘두를 때마다 휘~익 하는 고주파와 같은 파장을 발산하는데, 주변에 조금이라도 사악한 기운이 있으면 그 파장이 사라져 버리는 것이었습니다.

팔뚝 굵기의 2m 정도의 막대를 가지고 있는 선인의 경우, 그냥 들고 있기만 하여도 무거운 기운이 김 서리듯 나오는데, 이 김 역시 모든 것을 소독해주는 역할을 하고 있었습니다. 위에 달려 있는 각종 실로 만든 술 역시 나름대로의 파장을 이들에게 집중적으로 보내주고 있었습니다.

다른 선인이 들고 있는 장대에 달려 있는 거울은 그 영체가 전생에 한 일을 그 사람에게만 보이도록 보여주고 있었습니다. 수많은 잘잘못들이 그 거울 속을 지나가고 있었습니다. 의식으로 작동되며, 끄면 거울이고, 켜면 '노트북 컴퓨터'의 화면처럼 작동

되는 그런 거울이었습니다.

장대 끝의 백열전구는 영체들의 구석구석을 비추어 다시 한 번 자신을 스스로 돌아볼 수 있도록 해주는 것이었습니다. 영혼의 등불이었습니다. 기운판 위에 서 있는 영체들의 몸에서 천천히 빛이 감돌고 있었습니다. 아주 은은한 빛이었습니다.

비로소 선계 입적이 허용된 것 같았습니다. 이들에 대한 축복과 기적氣的인 세탁 의식이 끝나자, 모두가 모여 있는 자리의 위로 어둡던 하늘에 커다란 구멍이 뚫리며 서서히 환해지기 시작하였습니다.

작은 소리로 음악이 들려오고 있었습니다. 하늘을 바라보자 높은 하늘에서 수천, 수만의 선인들이 내려오고 있었습니다. 비파를 든 선인 등이 여러 가지 악기로 연주를 하며 내려오고 있었습니다. 너무 많은 선인들이 내려오므로 하늘이 비좁을 지경이었습니다.

허나 하늘은 무한대이므로 그 정도의 선인들이 내려온다고 해서 부족함이 있는 것은 아니었습니다. 이들은 지상에서 보면 약 30~40m 위에 있는 것으로 보이지만, 사실은 하늘 중간쯤에서 멈추고 그중 2~3명만이 지상으로 날아와 사뿐히 내려오고 있었습니다. 아주 가벼운 몸짓으로 깃털 날리듯 천천히 내려오고 있었습니다.

58

이들은 지구의 동북방을 관할하는 선인들로서, 한반도를 비롯한 일본과 중국, 만주 등지를 관할하는 선인들이었습니다. 하지만 선생은 이들만이 아닌 아프리카 등지에서 동족의 핏줄을 이어받은 인간 중 천도 받지 못한 영혼들을 불러모아 천도를 해주고 계셨던 것입니다.

이러한 천도는 영적으로 상당히 희귀한 경우이므로 하늘에서도 자주 볼 수 있는 것은 아닙니다. 선생은 제가 선생 댁에 오는 날을 천도일로 맞추어놓으셨던 것입니다. 천도일에는 우주의 모든 기운이 하늘의 어느 한 곳으로 모이게 되는데, 이 모이는 점이 바로 정확히 머리 위에 있을 때 가장 확실한 천도가 가능한 것입니다.

이 많은 선인들은 모두 선생께서 천도해주신 선배 영혼들이 변화한 선인들이었습니다. 100단으로 구분한다면 인간계는 1~3단, 기껏해야 5단이며, 영혼들이 있는 영계는 30단까지, 그 위로 31단에서 50단까지 준선인들이 차지하며, 51단 이상은 선계의 몫입니다.

선계의 등급은 이 51단부터 정해지는 것이며, 51단 이하는 선인이 되지 못한 영혼을 가진 사람들의 몫인 것입니다. 하늘에서 내려온 선인 2~3명은 지상에서 천도재를 끝낸 선인들에게로 다가가 그중의 몇 사람을 얼싸안았습니다. 아마도 동문수학하던 수련생들이거나 동기간이 아닌가 싶었습니다.

이들은 잠시 아주 즐거운 모습으로 대화를 나누더니 선인 셋이 앞에서 손을 잡고 하늘로 오르고, 그 뒤를 이어 영체들이 선인들의 손을 잡고 한 줄로 나란히 하늘로 날아오르는 것이었습니다.

수십 명의 선남선녀들이 한 줄로 손을 맞잡고 날아오르는 모습은 정말로 장관이었습니다. 기다란 대형으로 원을 그리며, 하늘로 날아오르는 모습은 정말로 아름다움 그 자체였습니다.

기다란 연이 하늘로 오르듯 한 줄로 서로 손을 맞잡고 환한 빛을 내는 하늘로 날아오르는 모습…. 주변의 선인들은 전부 어디론가 올라가 버리고, 이들만이 환한 하늘로 날아오르고 있었습니다.

이들은 20~30단 사이에서 바로 51층으로 올라갔던 것입니다. 이들은 영체에서 바로 선인이 되는 파격적인 승급을 했습니다.

59

이들 준선인의 경우 영체와 길이 다릅니다. 준선인은 영적으로 일정한 업적을 쌓아야 선인이 될 수 있는 것입니다. 인간으로 있으면서 어느 정도의 발전을 이루면 선계에 입적이 되기는 하나, 정식 선인이 아니고, 준선인이 되므로 준선인 상태에서 더욱 많은 노력을 하여야 합니다. 이 일 중의 한 가지가 바로 영체를 천도시키는 일을 돕는 것입니다.

금번 선생을 도와 주변에서 기운을 보내던 준선인들은 준선인 43단 이상으로서, 상당한 업적을 쌓아온 사람들입니다. 이들의 경우 초능력이 주어지지는 않으나, 상당한 순도의 기운을 가지게 되므로 자신의 내부에 선인이 되면 사용할 수 있는 기운을 항상 비축하고 있는 상태가 됩니다.

천도는 우주의 일원으로서 입적하는 가장 큰일이며, 본인은 물론 주변의 모든 사람들에게도 짐을 덜어주는 것이라고 할 수 있습니다. 따라서 우주 전체에 긍정적인 영향을 주는 것이므로 누구나 천도가 되기를 바라는 것입니다. 천도를 할 수 있는 능력은 선인으로서 상당한 경력을 쌓아야 하며, 선인이라고 해서 모두 천도를 할 수 있는 것은 아닙니다.

천도 선인의 반열에 들기 위해서는 천도를 위한 1,800가지 우주의 계율에 통해야 하며, 이 계율에 통하기 위하여 선인으로서도 또 한 번의 수련을 거쳐야 하는 것입니다. 이 수련의 강도는 우주의 시간으로 1만 년 정도를 끊임없는 순기純氣 수련을 하여서 수백억만 분의 일이라는 아주 미세한 탁기나 사기까지도 감별할 수 있는 역량을 갖추어야 하는 것입니다. 따라서 천도 선인이 되는 것은 선인 중에서 기운이 순도를 넘어섰음을 말하므로 상당한 영예인 것입니다.

천도 선인은 인간의 요청에 의해 천도를 해주는 경우도 있으며, 스스로 발전을 이룩한 영체들을 선별하여 천도해주는 경우도 있는바, 인간의 요청에 의한 천도는 초급 천도 선인들이 하는 것이며, 자력으로 수련을 한 영체들을 구원하는 것이야말로 고급 천도 선인들이 하는 것입니다.

천도가 된 인간들은 51단~60단 사이에서 머물게 됩니다. 이 단계는 초급 선인으로서, 본격적인 선인이 되기 전 자신의 영혼을 더욱 미세한 기적 단위로 변화시켜, 우주의 일원으로 어떠한 역할이 주어져도 처리할 수 있는 기인氣人, 즉 선인仙人이 되도록 수련을 하는 단계입니다. 이 단계에서 제대로 수련을 하지 못하면 자신의 의지대로 기적인 변화가 이루어지기 힘든 선인이 되는 것입니다.

60
남사고 선생은 우주의 일부를 책임지고 있던 선인

선인들의 세계에 대하여 확인하는 것은 이만 하기로 하고 다음은 저의 인간계 생활에 대하여 말씀드리겠습니다.

저는 선계의 일원으로서 우주의 일부를 책임지고 있던 선인입니다. 저는 우주의 업무를 처리하던 중 좀 더 많은 경험과 수련의 필요를 느껴 수련에 필요한 별을 찾았습니다. 제가 수련할 별은 수련 과정에서 얻은 배움을 전 우주에 파장으로 전파할 수 있는 아주 고차원의 에너지를 발생할 수 있는 별이어야 했습니다.

이렇게 강력한 에너지로 파장을 발사할 수 있는 별은 각 은하계마다 전부 있는 것도 아니며, 10여 개 은하에 1개 정도 있습니다. 이 별 중의 하나가 지구가 속한 은하계에서는 지구입니다.

이 파장은 강력한 자석이 기반이 되어 양극에서 나오는 전류를 파장으로 변조시키는 것인바, 지구의 강력한 자장은 제가 만드는 파장을 우주의 전역으로 발사하는 데 더없이 좋은 조건이라고 할 수 있습니다. 저는 이러한 조건을 충족시킨 별로서 지구를 택하였으며 이 지구에서 한 번의 수련을 하기로 결정하였습니다.

우주에서 제가 하던 일은 각 별의 기운을 조정하던 일이었으며, 제가 수련에 들어가면 이 일은 자동으로 조정되도록 되어 있는 일이었습니다. 우주라고 해서 자신의 역할을 마냥 비워도 되는 경우는 없으며, 단기간은 가능하나 장기간이거나 수련에 들어 실패하였을 경우에는 다른 선인이 그 자리를 보충하도록 되어 있습니다.

기운의 조정은 대개 스스로 작동되는 것이었으나, 선계의 필요에 따라 가감을 함으로써 기간을 단축시키거나 우주의 의도를 더욱 정확히 할 수 있습니다. 그리고 지상의 한 갑자(60년)는 제가 있던 선계의 시간으로 보면 크게 의미를 부여하지 않아도 될 정도의 시간이었습니다.

저는 이 시간을 지구에서 수련함으로써 한층 더 확대된 파장을 구해보기로 하였습니다. 선인들이 이러한 수련에 들어 자신의 등급이 하락되는 경우도 생기므로 아무렇게나 할 수 있는 것은 아닙니다.

61

지구에서 수련을 어느 곳에서 할 것인가를 조사하였습니다. 지구에서 수련을 하려 한 목적은 강력한 파장을 이용하는 데 있으므로, 지구에서 가장 강력한 파장을 얻을 수 있는 곳을 찾았습니다. 지구에서 강력한 파장을 발사할 수 있는 곳은 여러 곳이 있었으며, 나름대로 상당한 파장을 발사하고 있었습니다.

지구에서는 각 대륙을 총괄하는 부분이 강력한 파장을 가진 곳이며, 바다를 관할하는 곳에서도 강력한 파장을 발사하는 곳이 있었습니다. 저는 당시 제가 선택하기만 하면 공중이든 수중이든 자상이든 어느 곳이든지 수련이 가능한 상태였습니다.

지구에는 강력한 파장을 발산하는 장소가 있고, 이 파장을 중화시킬 수 있는 장소가 있었습니다. 중화소는 음과 양의 파장을 중간 정도의 파장으로 변화시켜 발사하는 장소로서, 이러한 파장 중화소는 다섯 군데가 있었습니다.

서양에서는 북유럽의 스칸디나비아 반도에 1개소, 동양에서는 중국의 하북성에 1개소, 그리고 한국의 북한산이며, 남미 안데스 산맥 중간에 1개소, 캐나다 로키 산맥에 1개소입니다.

이 중화소의 관할 구역은 다양하나 유럽 일대는 스칸디나비아 반도에서, 중국 하북성은 중국과 인도, 티베트, 인도지나 반도를 관할합니다.

한국의 북한산은 소련과 연해주, 일본 등지를 관할합니다. 기타 장소는 소재지의 대륙을 관할합니다. 이러한 기능은 항상 한 곳에 있는 것은 아니며, 경우에 따라서는 이동하는 경우도 있습니다. 대개의 경우 지리적인 것과 무관하게 기운의 뿌리를 근거로 하여 중화소가 설치되는 까닭에 이렇게 되는 것입니다.

바다의 기운이 분출되는 곳으로 한국에서 가장 가까운 곳은 동해의 독도를 약간 지난 지점에 있으며, 이곳은 소련, 중국 북부와 북한산을 연결하는 기운의 줄기를 이어받아, 일본 등 태평양 기운대의 기운을 중간에서 중화시켜 주변 지역으로 분산시키고 우주로 발산하는 역할을 하고 있습니다.

우주로 발산되는 기운은 각각의 우주선宇宙線으로 연결되어 각 우주에서 필요로 하는 곳에서 사용됩니다. 기운의 샘과 같은 역할을 하는 것입니다.

62
한국의 파장은 강력하여 결집이 힘들어

한국의 파장은 상당히 강력하여 결집이 힘든 특성을 가지고 있었습니다. 지역적으로도 강력한 반면, 인적人的으로도 상당한 강기强氣가 내포되어 있어, 발사되는 파장이 다이아몬드나 수정처럼 맑고 차가운 파장으로 구성되어 있는 것입니다.

따라서 이러한 파장을 모아서 중화시키기 위해서는, 이 파장을 능가하는 강력한 기운을 가진 지도자가 나와서, 다양한 기운을 하나로 묶어 중화하여야 하는데, 이러한 역할에 실패하였을 경우에는 국가 자체가 파란만장한 위협을 받거나 엄청난 내분에 휩싸이는 것이었습니다.

한반도의 이 중화된 기운은, 주변의 기운들 상호 간에 자신들의 부족한 기운을 보충하기 위하여 지속적으로 탐하도록 되어 있으며, 이러한 관계는 한반도가 아시아를 통치하는 절대적 강자의 위치를 확보하기 전까지는 계속될 것입니다.

이 기운에 비하여 중국이나 일본, 러시아 등은 편중된 강기强氣를 가진 나라들로서, 항상 자신의 부족한 기운을 보충하기 위하여 외부의 기운이 필요하므로 한반도에 많이 접근하게 되어 있습니다. 중국은 하북성에 파장 중화소가 있음에도 이 기운이 인도나 티베트 등으로 뻗치므로 중국 북부의 기운은 항상 우리 기운을 탐하도록 되어 있습니다. 따라서 한국은 스스로 강력한 물리적 힘을 보유하지 못하면 견디기 힘겨운 환경적 조건을 가진 나라였습니다.

당시 한국의 지세는 기운이 가라앉다가 평행을 유지하는 형국이었으며, 이러한 형국은 상당 기간, 즉 200~300여 년간 지속되는 경우가 대부분이었으며, 때에 따라서는 그 이상 지속될 것으로 보였습니다. 이 기간이 너무 길어지면 지구의 전체 파장에도 영향을 미칠 뿐 아니라 우주의 파장에도 영향을 미칠 우려가 있는 것이었습니다.

저는 이 별에서 수련을 하면서 동시에 이 위기를 구할 수 있는 방법이 있을까 하고 생각하였습니다. 당시 저의 기운만으로 이러한 작업을 하는 것은 가능하기는 하나 상당한 노력이 필요한 것이었습니다.

이러한 위기를 구할 수 있다면 한 번의 수련 기회를 상실하더라도 의미가 있을 것 같았습니다. 그러나 당시 제가 판단한 것은 정당하였으나 시기적으로 기운의 흐름을 바꾸기는 어려웠습니다. 따라서 기운의 하강 기간을 단축시키는 것에 주력기로 하였으므로 그러한 관점에서 수련을 하여 기운을 결집시키기로 하였습니다.

63

당시 저의 능력으로는 우주 내에서 지구 정도 크기의 별을 2~3개 정도 이동시킬 수 있었으나, 별의 이동은 다른 별과의 역학관계를 고려하여야 하므로, 힘만으로 되는 것은 아니며 다양한 변수를 고려하여야 하는 일이었습니다.

따라서 제가 가지고 있는 기운으로 가라앉고 있는 한반도의 흐름을 바꾸는 데 이용하는 것은 어떨까 하고 생각하였으며, 이러한 저의 뜻을 실현하기 위하여 노력해보려 하였던 것입니다.

수련을 하기로 결심하기까지에는, 이러한 많은 것들을 생각하고 지구에서의 일정을 결정한 후, 수련 중 자신이 획득할 것을 결정해야 합니다. 이 결정해야 할 부분 중에는 수련 기간, 장소, 수련 내용, 지구에 남겨야 할 것과 수련을 하면서 함께해야 할 것 등등이 있습니다.

수련 장소로는 한국의 북한산 부근으로서 중국, 러시아, 몽고 등 서북방의 기운이 들어오는 곳을 택하기로 하였습니다. 제가 있던 별은 아주 찬 기운으로 가득 차 있던 곳이므로, 지구에서 수련을 하자면 남방의 따뜻한 기운보다 서북방의 기운 즉 비교적 맑고 찬 기운이 도움이 될 것 같았습니다.

당시 한국을 내려다보니 이러한 조건을 충족시켜줄 곳은 개성 부근인 것 같았습니다. 개성의 위치는 북한산이 바라보이는 동북방에 위치하고 있었으며, 기운은 러시아나 중국 북부의 것이 들어오는 길목이므로 적절히 조절이 가능할 것 같았습니다.

지구의 여러 곳에서 모여드는 기운을 중화시켜 우주로 보낼 수 있는 역할이야말로, 지구에서 수련하면서 할 수 있는 가장 보람 있는 일이 될 것 같았습니다. 아무리 중화시켜도 지구의 입장에서의 중화이지 우주의 입장에서 보면 아직 지구의 기운이었습니다.

당시 북한산은 기운의 분화구로서, 분출되는 기운이 태양계를 벗어나 우주선에 연결될 정도의 온건하면서도 강력한 분출력을 가지고 있었습니다. 이러한 기운의 역할은 상당히 중요하여 북한산의 기운을 우주의 여러 별이 받아서 사용하고 있었습니다.

따라서 지구에서 분출하는 것을 우주선에서 흡입하여 가지고 가던 기운이었습니다. 비교적 순도가 높고, 힘이 있어 등급이 높았던 기운이었습니다. 북한산 지기의 순도는 약 90점대에 달하였으며, 이러한 순도 높은 지기는 많은 별 중에서도 그렇게 많이 발생되는 것은 아니었습니다.

64

지기地氣는 각 별에서 직접 발생되는 기운을 그 별 자체에서 사용할 때 호칭하는 것이며, 이 지기가 우주에서 다른 은하나 별의 기운과 연결되어 우주 내부에서 중화되고 순화된 상태로 강화되어 존재하다가, 우주선의 흐름을 타고 다시 지구로 돌아오면 우주기운이 되는 것입니다.

지기는 아무리 순화되어도 근본적으로 해당 별의 기색을 가지고 있는 것이며, 이것이 우주기운에 중화되고 강화되어 다시 돌아오면 그때서야 우주기운이라고 할 수 있는 것입니다.

지기는 근본 성격이 음(陰, -)에 가까우며, 우주기운은 그 기운의 근본 성격이 양(陽, +)에 가까운 것입니다. 이 양을 기운화하는 것이 바로 우주기운이 되는 것이며, 이 양의 기운은 모든 기운에 숨을 불어넣는 기운, 즉 생기가 되고, 음의 기운은 양의 기운이 발생할 수 있는 기본 토양을 만들어주는 기본기가 되는 것입니다.

모든 생물은 양기에 기반을 둔 생기에 의해 그 움직임이 시작되고, 이것이 점차 발달하여 자체에서 모든 것을 처리할 수 있도록 일정 규모의 단위로 생명체화하게 되면, 이것이 바로 생물인 것입니다. 양기는 동動이며, 음기는 정靜이고, 이 둘이 만나면 새로운 형태의 물질이 생겨나게 됩니다.

어떠한 무생물체라도 자체에 아직 생물체화하지 않은 생기를 지니고 있으며, 이 무생물체 내부의 생기를 일깨우면 대화가 되므로, 우주의 입장에서는 대화가 안 될 상대가 없는 것입니다. 이 무생물의 내부에 존재하는 생기를 일깨워 생물화하는 데 필요한 것이 바로 지구에서 발생되는 것과 같은 생기였습니다. 무생물에 이 생기가 들어가면 생물이 되는 것입니다.

따라서 모든 생물은 처음에는 양과 음을 한 몸에 지니고 태어났으나, 이것이 발전되면 내부에 지니고 있는 것과 별도로 상호 간에 양과 음을 분리하여 지니게 되는바, 이것이 생물의 보다 발전된 형태인 남과 여, 암과 수가 되는 것입니다.

지구의 생물은 이러한 생기가 특히 발달하여 다양하고 많은 생물이 태어나게 되었으며 이 생기의 결집으로 우주에서도 특히 주목받는 생물성 중의 하나가 된 것입니다.

지구의 기운은 다양한 오행의 기운을 가지고 있으며, 이러한 오행의 기운을 편중되지 않도록 중화시켜 발생된 기운은 우주의 어느 별에서나 사용할 수 있는 기운이므로, 다양한 성주(星主 : 별의 총 관리인)들이 환영하고 있었습니다.

65
수련 장소로 개성과 북한산을 택해

이러한 생기는 곧 생명이 부여되지 않았을 뿐, 계기만 마련되면 생물화할 수 있었으므로, 경우에 따라서는 생명의 발생에 아주 적절히 사용할 수 있으며, 무생물성을 생물성으로 변화시키는 데도 요긴하게 사용할 수 있었습니다.

무생물이라고 해서 생기가 없는 것은 아니며, 내적으로는 항상 생기로 변할 수 있는 기운을 가지고 있는 것입니다. 따라서 일반적으로 무생물로 알고 있는 물질들이 생물체의 내부에 들어가면 생물의 일부가 되어 그 안에서 작용하게 되는 것입니다.

수련하고자 하는 별에서 수련 시는 수련 장소 부근에 가급적 생기가 많이 있는 것이 좋습니다. 생물, 특히 인간과 같은 고등 생물의 경우 자체의 내부에 가지고 있는 생기와 외부의 생기가 조화를 이룰 때 보다 빠르고 급속한 진화가 가능한 까닭입니다.

개성 주변은 이러한 생기가 적절히 산재해 있고, 서북방에서 들어오는 정랭기淨冷氣가 신선하게 공급되므로 저의 수련에 적합하였습니다. 제가 개성을 선정할 당시 개성에는 수 명의 도인들이 수련 중에 있었습니다.

한 명은 길선이라고 하는 도인이었으며, 다른 사람들은 도율, 적설, 양수, 왕신 등이었습니다. 여女 선인도 있었는데 속명이 선화仙花라고 하였습니다.

길선은 저보다 조금 먼저 지구를 택하여, 당시 수련할 장소로 저와 비슷한 곳을 고르고 있는 중이었습니다만, 아직 확정 짓지 않고 있는 단계였습니다. 도율은 개성에서 자리 잡은 지 1년 이내였으며, 적설은 3~4년이 경과하였고, 양수는 5년 정도, 왕신은 6~7년이 경과한 친구들이었습니다.

하지만 지상에서의 연령은 도계(道階 : 공부를 하는 단계)의 경우 도력(수련에 의한 기운이 숙련된 정도)에 의해 위계질서가 결정되므로, 큰 문제가 되는 것은 아니었습니다. 저의 경우 이들보다는 늦게 이곳에 자리하였으나 선계의 위치가 있었으므로, 도착하여 이들과 바로 어울리지 않고 혼자서 기운자리氣盤席를 형성하기 위하여 수련 중에 있었습니다.

기반석은 그 별에서 수련하는 한 어느 자리에 가든 변치 않고 기운을 연결합니다. 즉 모선母線과 같은 역할을 담당하게 됩니다. 수련 장소는 지기(음기)의 강도가 순수하고 기질이 맑아서 우주 기운 즉 양기를 끌어들이는 데 적합하여야 합니다. 양兩 기운이 잘 교류될 때 그 자리에서 수련한 선인들은 보다 많은 발전을 이룩할 수 있는 것입니다.

66

음양의 교류가 왕성한 곳에서는 양 기운이 청룡(음)과 황룡(양)처럼 뒤얽혀 엄청난 기운의 소용돌이가 일어나기도 합니다. 이러한 경우 혈은 열렸으나 기운이 약한 사람이 이런 기운 속에 있으면 이 기운에 말려 기력이 저하되는 경우도 생길 수 있을 정도로 엄청난 기운의 소용돌이가 형성됩니다.

이렇게 기운이 회전하는 모습은 은하계와 같은 소용돌이 형상으로 보이며, 얼핏 천천히 회전하는 것으로 보일 수 있으나, 인간의 감각으로는 상상을 초월할 만큼 빠른 속도로 회전하고 있는 것입니다. 이러한 속에서 새로운 질서가 형성된 이후에는 양 기운이 이 안에 녹아들어 다시 하나가 되는 것입니다.

하나가 된 기운은 다시 음과 양으로 나뉘고, 다시 하나가 되는 과정을 반복하며 진화해나가는 것입니다. 저는 우선 지기 분출력이 강한 북한산의 서북방에서 기운이 모여드는 길목을 선택하여 제 기반석을 설치하였습니다.

이 기반석은 넓이 약 5m, 두께 약 2m로서 원형으로 생긴 것입니다. 이 기반석이 있으면 기운이 좋지 않은 곳에서도 이 반석을 통하여 기운을 받을 수 있으며, 기운이 너무 센 곳에서는 기운을 중화시켜주는 역할을 하므로 편안히 수련을 할 수 있는 것입니다.

이 기반석은 우주의 기운을 형상화한 것이므로 어떠한 환경 하에서도 중화된 기운을 지원해주며, 이 중화된 기운은 수련생의 피로를 감소시키고, 기 부족 시 회복 시기를 단축시켜주는 등 몇 가지 역할을 수행하게 됩니다.

허나 수련생의 입장에서 너무 과도한 체력 소모는 절대 삼가야 할 일이며, 체력을 소모하였으면 바로 보충하는 것이 중요합니다. 몸을 가지고 있는 이상 유지하기 위한 노력을 하여야 하며, 이 노력은 기적氣的으로만이 아닌 유형적으로도 이루어져야 하는 것입니다. 섭생과 휴식은 수련생의 가장 중요한 일과 중의 하나이며, 이것이 기반이 되고 나서야 수련을 할 수 있는 것입니다.

저는 기반석을 놓을 자리를 선정하는 수련에 들어갔습니다. 기반석은 우주에서는 무게가 없으나 어떠한 별에 내려가면 그 별에 해당하는 무게를 가지게 됩니다. 이 기반석의 제작지는 자신의 고향 별이며 선인이 평소 사용하던 것 중의 하나입니다.

선인이 되면 우주기운으로 자신이 필요로 하는 물품을 제작하여 사용하는바, 저의 경우 지상의 수련에 대비하여 제가 있던 별에서 제작하여놓았던 것입니다.

67

이 기반석은 선인이 수련생이 되어 자신이 수련하고자 하는 별에 안착한 후, 본격적으로 수련을 시작하기 직전 요청하면 그 별에 연결되어 있는 우주선宇宙線을 타고 옮겨져서 설치됩니다.

개성 주변을 답사한바, 지구에 도착하기 전 생각했던 것보다 더 맑고 차며 강한 기운이 흘러들어오고 있었습니다. 맨 처음 기반석을 설치하고자 했던 곳은 이 기운이 흘러들어오는 곳에서 약간 떨어진 곳으로서, 우주선에 연결된 줄기의 맨 마지막 끝이었습니다.

앞에는 자그마한 시내가 있고, 뒤에는 산이 있었습니다. 흘러들어오는 기운을 시냇물이 한번 중화시키고, 뒤에 있는 산이 받아서 되돌려주므로 산 아래 자그마한 기운의 소용돌이가 생기고, 이 기운의 소용돌이를 활용하여 수련 자리를 더욱 편하게 만들 수 있는 곳이었습니다. 저는 이곳에서 수련을 하기로 마음을 굳혔습니다.

지구에서 태어나는 것에 대하여 가장 중요한 것은 어떤 부모를 선정하여 출생하느냐 하는 것입니다. 이것은 지구에서 수련을 함에 있어 수련 시기, 장소, 정도를 결정할 수 있는 기본 요인과 관계되는 것이기 때문입니다.

따라서 이 요인을 잘 결정지어야만 다음 단계가 잘 이루어지게 되어 있는 것입니다. 대개의 인간들이 환생을 함에 있어 이러한 조건을 샅샅이 연구하고 환생하지만, 잘 안 되는 이유는 이러한 정보에 대한 접근이 완벽하게 허용되지 않고 있기 때문입니다.

선계에서 상당한 위치에 올랐어도 다시 수련에 들게 되면 이러한 정보에 대한 원천적인 접근은 허용되지 않습니다. 시험 문제를 알려주고 시험을 보도록 하는 것은 학생의 입장에서 공부가 되지 않는 까닭입니다.

우주에서는 모든 것이 정상적으로 이루어지고 있으며, 따라서 수련생의 입장에서도 자신의 편의를 위하여 편법을 동원하는 것은 가장 금기시되는 일이기도 합니다. 수련생에게 도움을 줄 수 있는 경우는 그 수련생의 진도 중에서 극히 돌발적인 변수가 발생했을 때 정상적인 수련이 불가능해질 우려가 있기 때문에, 그런 경우에만 제한적으로 해당하는 것입니다. 이것도 극히 일부라고 할 수 있는 것입니다.

수련생에게 있어 모든 것은 공부이며, 이 공부의 과정이 낱낱이 밝혀져서는 시험으로서의 의미가 없는 것입니다. 수련생의 문제를 타인이 해결해 줄 경우 그 단계에 대한 본인의 당시 시험은 없는 것과 동일한 결과로 나타나게 됩니다.

68

본인이 직접 체험하지 않은 것은 겪어 넘기지 않은 것과 동일하게 채점되어 본인의 입장에서 보면 전혀 도움이 되지 않는 것입니다. 본인의 입장에서 도움이 되지 않는 것은 주변의 타인에 대한 도움도 되지 않으므로 여러 면에서 후퇴가 되는 것입니다. 따라서 어떠한 역경이라도 본인이 헤쳐나가는 것이 수련의 묘미이자, 한 단계 넘을 힘으로 두 단계, 세 단계를 넘은 결과로 나타나는 것입니다.

수련에 대한 기대와 실적은 자신의 성장으로 나타나야 하며, 타인에게 의존하는 것으로 나타나는 것은 아닌 것입니다. 이것을 두려워한다면 이미 수련을 할 수 있는 자질에 대한 검증이 다시 한 번 필요한 것입니다.

선배가 후배의 애로점을 챙겨주는 것은 연기의 의미가 있을 뿐, 사실상 도움이 되는 것은 없습니다. 수련에 있어 스승이나 선배의 도움을 받는 것은 처음 수련을 시작할 때 일정 기간에 한정되는 것이 바람직하며, 어느 정도 기운의 기반이 조성되면 모든 것을 스스로 해결하려는 마음가짐, 즉 독립심을 키워주는 것이 스승이나 선배의 도리인 것입니다.

저는 모든 것을 스스로 해결하려 하는 마음가짐 하나로 선계수련을 해왔으며, 이 선계수련의 동기는 어느 날 비몽사몽간에 호흡의 무서움을 깨달았기 때문입니다. 호흡은 천지기운의 흐름을 받아들이는 방법이었으며, 이 기운을 자신과 하나로 일치시키는 방법이었고, 더 나아가 모든 것과 일치를 이루는 방법이었습니다.

이 과정에는 무수한 난관이 있으며, 이 난관을 헤치고 나가는 방법은 수만 가지가 있으나, 모든 것이 본인의 힘으로 하지 않으면 전혀 소용없게 되어 버리고 마는 것이었습니다.

모든 것을 받아들이는 것은 제가 지상에 내려가고 난 이후의 일이었으므로 저는 지상에 내려갈 수단을 물색하기 시작하였습니다.

지상에 내려가는 길은 일단 탄생시켜줄 사람을 구하는 것에서 시작되었습니다. 대체로 너무 잘나고, 너무 빛나는 사람은 스스로 하여야 할 일이 너무 많음으로 인하여 모든 것을 챙기기에는 부족함이 많습니다. 따라서 저의 모든 것을 잘 알아보지 못할, 그러나 기본적인 인성 면에서 훌륭하신 분을 택하려 하였습니다.

69
출생 후 속히 독립하게 해줄 부모를 선택

그러한 조건을 갖추려면 그 부모가 선계에서 올 필요는 없으나 지상에서 출생하였더라도 원천적으로 기적으로 맑은 상태를 가지고 태어나야 하며, 생후 이러한 조건을 갖추기 위하여 심산유곡에서 생활하여야 할 필요가 있는 것이었습니다.

많은 가족이 필요치 않으며, 번거롭지 않은 생활을 하되, 기본적인 지식을 갖춘 상태가 바람직할 것 같았습니다. 이러한 분을 찾기 위하여 한반도의 전역을 살펴보았습니다. 당시의 인구는 수백만(500만) 정도로 많지 않은 편이므로, 수일 정도 검색하자 대충 3,000명 정도의 윤곽이 드러났습니다. 이분들 중 너무 노령이 아니며, 제가 출생한 후 정신적으로 속히 독립할 수 있도록 해줄 수 있는 분들을 찾았습니다.

수련 중에 있는 입장으로서는 범인과 달리 하루라도 빨리 정신적인 독립을 하는 것이 바람직합니다. 부모가 어린 시절부터 정신적으로 독립시켜주는 것이 수련에 상당한 도움이 되는 것입니다. 청소년이 되었는데도 어린이 취급을 하는 것은 수련생의 입장에서 보면 전혀 도움이 되지 않으며, 자아의 각성에 가장 장애물이 될 수도 있는 것입니다.

따라서 부모의 다양한 정신적 기반이 이러한 면에 도움이 될 수 있었으면 하였습니다. 가급적 마음을 둘 종교가 있으면 좋고, 속의 생활에 있어 마음에 걸리는 것이 적을수록 좋은 것 같았습니다.

한반도 전역을 자세히 살펴나가던 중 이러한 조건을 갖춘 분이 계실 것 같아 보이는 곳이 있었습니다. 경북 봉화 부근의 산중에 별로 집이 많지 않은 작은 동네가 있었습니다. 공기가 맑고, 원래 선인들이 지상 수련 시 많이 사용하시던 동네였습니다.

지상 수련이란 선인이 본래의 모습 그대로 잠시 수련을 하는 것을 말합니다. 다양한 선인들의 자국이 보였습니다. 여러 선인들이 수련을 하였던 발자취가 등산로의 자국처럼 남아 있었습니다. 이러한 곳이라면 어떠한 이유가 있을 것으로 생각하고 주변을 돌아보니 과연 천기와 지기가 만나 거의 완벽히 중화되는 곳이었습니다.

원래 이러한 곳은 아닌 것 같았으며, 기본적인 자리가 만들어져 있었으나 선인들이 수련하면서 중화된 기운이 더욱 형성될 수 있었습니다. 이곳이라면 제가 원하던 분이 계실 것 같았습니다. 그러한 분이 계시기만 하면 수련의 한 생을 이곳에서 함께할 수 있을 것 같았습니다.

70

저는 선배 선인들이 수련하시던 자리로 내려갔습니다. 안개가 자욱한 숲 속으로 내려가자 점차 부분적으로 안개가 걷히며, 30~40여 미터 아래로 조그마한 집이 한 채 보였습니다. 공기는 더없이 맑았습니다. 태초의 공기가 거의 그대로 간직되어 있는 곳이었습니다.

바로 뒤에 울창한 숲으로 둘러싸인 작은 초가집이 있었습니다. 방은 1~2개 정도 있는 것으로 보였으며, 집의 오른쪽, 별채로 된 외양간에는 황소가 한 마리 매여 있었습니다. 집의 왼편은 부엌이고, 오른편의 방 안에는 별로 가재도구가 없는 아주 단출한 살림살이가 있었습니다.

방 앞에 자그마한 툇마루가 있고 그 방의 오른쪽에는 각종 농기구를 넣어두는 헛간이 있었습니다. 집 앞 주변에 이 집 식구들 이외에 나무꾼 정도나 다닐 만한 작은 오솔길이 산 위를 향해 나 있었으며, 약 20여 미터 앞에는 물이 많이 흐를 때는 빨래를 할 수 있을 정도의 자그마한 도랑물이 흘렀습니다.

아래쪽으로 있는 논에는 벼가 자라고 있는 중이었습니다. 절기

상으로는 거의 여름이 다 되어가고 있는 것 같았음에도 산중의 아침이므로 기온이 찬 것 같았습니다. 바라보고 있는 사이 점차 안개가 걷혀가고 있었습니다.

산 아래쪽을 보니 50여 미터 정도 떨어진 곳에 집이 한 채 있었으며, 그 밑으로는 아주 멀리 밥 짓는 연기가 솟아오르고 있었습니다. 아침인 것 같았습니다. 이렇게 외딴집 앞의 우물에서 한 처녀가 물을 긷고 있었습니다.

방 안에는 노인이 한 분 누워 계셨습니다. 노인께서는 몸이 많이 편찮으신 것 같았습니다. 그러나 풍기는 기운으로 보면 범상했던 분은 아니었습니다. 젊은 시절에는 한몫을 단단히 했을 만큼 장대한 기골이었으며, 수련에 관하여도 관심을 가지고 있었으나 직접 체험할 기회를 갖지 못한 것으로 보였습니다.

선인들의 행동은 속인의 눈에는 보이지 않습니다. 선인들이 보여주려 할 때만 보이며, 저절로는 절대로 보이지 않는 것이 원칙인바, 그 이유는 존재하고 있는 세계가 다르기 때문입니다. 선인들의 세계는 모든 시간대를 총괄하고 있으나 속인들은 자신이 속한 시간대에만 존재가 가능하기 때문입니다.

대개의 선인들이 속에 내려와 있을 경우 속인의 시간대에서 약간 앞서거나 약간 뒤에 따라가게 되므로 속인의 눈으로 보면 보이지 않으나, 선인은 시간대에 무관하게 존재하므로 인간의 일에 대하여 모두 알고 있는 것입니다.

그 작은 초가집에서 멀지 않은 산등성이에는 이 집의 부인이었던 것으로 보이는 분의 묘지가 하나 있었습니다. 묘지의 풍경으로 보아 십수 년은 지난 것 같아 보였으며, 부녀만 생활한 지 이미 수년이 경과한 것으로 보였습니다.

가끔 그 집 앞으로 사냥꾼들이나 나무꾼들이 지나가곤 했으나, 노인이 엄한 분이므로 이 처녀와 어떠한 농담을 한다거나 할 생각을 하지 못하고 있었습니다. 이 처녀도 나이가 열일곱으로 모친께서 별세하시고 난 후 부친과 함께 생활하면서 결혼이란 것에 대하여 생각조차 해보지 않은 것은 아니었습니다.

그러나 혼자서는 마을 아래로 내려가는 것조차 허락받지 못했습니다. 이런 부친의 엄한 교육의 영향으로 다른 사람들이 결혼을 하는 것에 대하여 말로만 듣고 있었을 뿐, 실제로 그것이 어떻게 이루어지며 그 후 어떻게 생활하는지에 대하여 잘 알지 못하고 있었습니다.

집 앞을 오가는 사람들이 처녀에 대하여 눈길을 주는 경우가 있었으나, 부친의 엄한 눈초리 앞에 아무 말 못 하고 그냥 지나가곤 했습니다. 자신의 마음이 싱숭생숭해져 가고 있었음에도 이것이 어떠한 연유로 생기는 것인지 가르쳐주는 이가 없어 그저 그냥 그런가 보다 할 뿐이었습니다.

이 처녀의 부친은 어떠한 일에도 능력을 발휘하던 분으로서, 동네에서 존경을 한 몸에 받고 있던 분이었으나 부인을 먼저 보내고 난 지금은 모든 일에서 은퇴하여 조용히 세월을 보내고 있었습니다.

젊은 시절에는 동네에서 가장 장사(기운이 센 사람)로서 농사에도 으뜸이었으며, 전쟁에 나가서는 누구보다도 월등한 기량을 선보였으나, 관직에 나가는 것만큼은 한사코 사양하였던 그였습니다.

사람이 좋고, 서글서글하며, 모든 면에서 인품이나 실력도 상당하였고, 누구에게나 친절하였습니다. 주변에서 그를 아는 모든 사람들이 보기에는 항상 무엇인가를 생각하고 있는 것으로 보였으나, 그것을 누구에게 말한 적은 한 번도 없었습니다.

젊은 시절 동네에서 이웃 마을 청년들이 이 처녀에게 길가에서 행패를 부리는 것을 이 청년이 나서서 물리치고 구해준 적이 있었습니다. 당시 그 처녀의 부친이 이 이야기를 듣고 감사 인사를 하려고 청년을 한번 불렀던바, 청년의 인품이 너무 훌륭하므로 그대로 자신의 딸을 억지로 떠맡기듯 결혼을 시킨 것이 바로 이 처녀의 모친이었습니다.

71
처녀는 세 살부터 신통력을 보여

부친은 행실이 바르고 열심히 살기로 소문난 청년이었으나, 워낙 가진 것이 없어 주변에서 딸을 주기를 꺼렸습니다. 모친의 집은 당시 인근에서 몇째 안 가는 부자인 서씨 집안이었으며, 재색을 겸비하였으므로 주변의 청년들이 모두들 한 번 보기를 원하였으며, 아들을 가진 사람이라면 전부 탐을 내던 규수였습니다.

당시 이 처녀의 모친은 스물셋이었으며 부친은 스물둘이었습니다. 이른 나이가 아니었으나 이들의 혼기가 늦었던 이유는 이때까지 두 사람이 각기 선을 본 적은 많은데도 상호 간에 인연이 되지 않아 이렇게 되었던 것입니다.

그러한 상태로 있던 이들은 각기 결혼이 인연이 아닌 것으로 알고 있었으나, 앞에서 말씀드렸던 어느 날의 사건으로 인하여 부부의 연을 맺게 되었던 것입니다. 처녀의 모친 서씨가 이 집으로 들어온 후 집안은 모든 면에서 윤이 흘렀습니다.

처녀의 부친은 평소에도 상당히 절제된 생활을 하였으나 모친과의 결혼 이후 더욱 모범적인 생활을 하였으며, 이들의 다정함은 고을에서 전부 알 정도였습니다. 이 부부 사이에는 아무런 걱정이 없었으나, 단 한 가지 걱정이라면 결혼 3년이 넘도록 아이가 없는 것이었습니다. 백방으로 노력을 하던 중 3년이 넘어가는 시점에서 아이가 들어섰습니다.

고생 끝에 난산으로 낳은 아이는 딸이었습니다. 이 딸은 어려서부터 총명하여 어른들이 알지 못하는 여러 가지 일에 대하여 많은 것들을 알고 있었습니다. 어른들이 가르쳐주지 않았음에도 천문이나 지리에 통하였으며, 세상의 이치에 대하여 모르는 것이 없는 것으로 보였습니다.

아이가 세 살 무렵, 하루는 길을 떠나려고 아침 일찍 식사 중인 아버지에게 오늘 큰비가 오니까 내일 가라고 하는 것이었습니다. 부친은 갑자기 딸이 이러한 말을 하는 것을 이상히 여겨 길을 떠나지 아니하였습니다. 나중에 들으니 홍수가 발생하여 부친이 지나가야 할 동네가 전부 물에 잠겨버렸다는 것입니다.

이후 아이의 말에 어떠한 신기神氣를 느낀 부모는, 사람들이 알면 혹시 어떠한 불미스런 일이 생길까 두려워, 주변 사람들에게 이를 숨기며 아이를 키웠습니다. 가급적 책 등으로 공부시키는 것을 자제하며 아이가 평범하게 커 주기를 기원하였습니다.

이러한 부모의 뜻은 어느 정도 아이에게 영향을 주어 수년 후 아이는 평범한 아이가 되어 있었습니다. 허나 겉으로는 그렇게 보여도 속으로는 아이의 지식이 점차 무르익어 가고 있었던 것입니다.

그러던 중 아이가 여덟 살이 될 무렵 처녀의 모친은 해산 당시의 고생으로 얻은 지병으로 세상을 떠나고 말았던 것입니다. 부친의 슬픔은 대단하였습니다.

필자와 남사고 선인과의 대화는 현재까지 계속되고 있습니다. 남사고 선인은 『격암유록』의 저자로서 한국인들에게 널리 알려진 분이므로, 이후의 행적에 대해서는 대화 내용을 토대로 한 소설을 집필하고자 합니다. (저자)

선조들의 행적

황진이

黃眞伊

1511~1555 조선 중기의 명기名妓로 시인이자 서예가, 음악가이다. 본명은 진眞, 기명은 명월이다. 개성 출신으로, 부친 황이黃伊와 모친 김씨 사이에서 서녀로 태어났다. 15세에 황진이를 사모하여 죽은 총각의 상여에 옷을 던져 준 이후 자신이 지상에 온 이유를 깨달아 스스로 기생의 길에 들어섰다. 용모가 아름답고 거문고, 노래, 춤, 시예에 재주가 뛰어났으며, 성리학적 지식, 사서육경에도 해박하였다. 벽계수, 소세양, 이사종, 이생 등 당대의 명사들과 인연을 맺으며 전국을 유람하고 그 가운데 많은 시와 그림을 남겼다. 30년 면벽 수도하여 생불이라 불리던 지족선사와는 성 공부를 했으며, 당대 최고 학자인 서경덕과는 사제지간이었다. 개성의 박연폭포, 서경덕과 더불어 송도삼절로 꼽혔으며, 당대 사람들은 그를 선녀라고 불렀다. 그가 남긴 한시로는 「만월대」, 「영호월」, 「박연폭포」 등과, 시조로는 「청산리 벽계수야」, 「산은 옛 산이로되」, 「동짓달 기나긴 밤을」 등이 있다.

1

황진이는 선계에 있었다. 뜻밖에도 선인이었던 것이다. 영계의 아버지와 함께 나와서 내게 인사한다.

(진이 부친) 이 몸이 죽을죄를 지었사옵니다.

무슨 말씀이십니까?

여식을 잘못 두어 속에 내려가 그런 우를 범하고 돌아오도록 하였으니 그 죄는 어떻게 사함을 받아야 할지 모르겠사옵니다.

그게 무슨 말씀입니까? 황 선인은 할 일을 한 것입니다. 왜 잘못이라고 하십니까?

저의 여식이 속에 내려가 흩뜨려놓고 상천한 것이 잘못이옵니다.

아닙니다. 그런 것 없어요. 절대 염두에 두지 마십시오.

그래두요….

절대 염두에 두지 마시래두요.

예. 그럼 소인은 물러가도록 하겠습니다.

그러십시오. 황 선인과는 제가 이야기를 좀 더 하겠습니다.

여부가 있습니까요.

부친 돌아가신다.

황 선인.

네. 선생님.

속俗에서 그렇게 공부하다가 선계에 오니까 어떠한지요?

아직도 공부할 부분이 산처럼 많이 있사옵니다.

무엇이 부족한지요?

아직 사람들의 마음이 가야 할 곳과 흘러가고 있는 곳, 즉 우주의 나아가는 방향에 대하여 확실히 알지 못하는 부분이 있사옵니다.

어디서 막히는지요?

확실히 어느 한 군데가 아니옵고 중간중간에 열리기도 하면서 막히기도 하면서 그렇게 나가고 있사옵니다.

황 선인의 실력으로 깨지 못하였던 것이 어느 것인지요?

빨리 가지를 못해서 그렇지 천천히 가고는 있사옵니다. 가장 막혔던 것은 가장 자신 있었던 부분이옵니다. 돌아보면 아직도 풀리지 않는 부분이 있사옵니다.

왜 속俗에서 그런 식으로 공부를 하였는지, 당시에 정말로 동료가 아닌 스승을 만났으면 지금은 상당히 공부가 되었을 것이라는 생각이 듭니다. 적어도 ○등급 정도는 되지 않았을까 합니다.

그래서 무엇이 아쉬운지요?

선계에서 공부의 진도가 쉽게 나가지 않음을 알았다면, 지상에서 좀 더 열심히 공부를 하고 왔으면 좋았을 것이라는 생각이 듭니다.

여기서는 왜 힘든지요?

몸이 없어서 그렇습니다. ('다 아시면서'라는 표정) 구체화시키기 어려우니 어떠한 결과를 공표하기 어렵습니다.

그러면 어떻게 하면 되겠는지요?

혼자 해보고 나중에 말씀드리겠습니다.

그리하십시오. 또 보십시다.

건강 유의하십시오.

고맙습니다.

2

요즈음은 무엇을 하고 지내는지요?

공부를 하고 있습니다.

무슨 공부를 하시는지요?

할 수 있는 모든 공부를 하고 있습니다. 그중에서도 우주에 관한 것을 처음부터 다시 배우고 있습니다.

누구에게 배우는지요?

선생님께 배우고 있습니다.

요즈음은 어느 선생께 배우는지요?

만물이 모두 선생이십니다.

황 선인도 많이 느셨습니다. 다시 선계로 복귀하니까 어떠한지요?

역시 선계는 선계라는 생각이 듭니다. 다시 올수록 선계의 위용에 대하여 다시 생각하게 됩니다.

이번이 몇 번째인지요?

다섯 번째인 것 같습니다.

본명은 무엇인지요?

선화이옵니다.

선화라….

선화라는 선명仙名은 선계에서 5명 정도가 받았사옵니다. 그중 맏언니는 선계의 6등급까지 올랐으며, 둘째는 5등급, 셋째와 다섯째는 지상에 있으며, 복귀하면 5등급에 오를 예정입니다. 넷째는 저입니다. 지금 ○등급입니다.

선계의 부모님은 어떻게 모시고 있는지요?

영계에 계시므로 자주 모시지는 못하나 가끔 뵙고 있사옵니다. 육신의 부모가 영적으로도 부모가 되는 경우가 가장 바람직하나 아직 그렇지는 못한 상태입니다.

선계에서는 누구와 자주 만나는지요?

지금 아시고 계시는 분들입니다. 경덕(선명 : 영선), 지족(선명 : 지선) 등과 자주 만납니다. 좋은 관계를 유지하고 있으며 많은 가르침을 받고 있습니다.

속에서 인연을 맺은 사람들과는 어찌 지내고 있는지요?

선도를 하기 위하여 가능한 많은 노력을 하고 있습니다. 선계의 선도 의지는 속계의 인물들에게 많은 영향을 미치게 되므로 인연이 되면 가능한 좋은 뜻을 전해주어 영적인 발전을 이룰 수 있도록 도와주고 있습니다.

몇 명이나 도와주었는지요?

삼십여 명 됩니다.

주로 어떤 인연들인지요?

계층을 초월하여 대화가 가능했던 사람들입니다.

가르침을 내려보내는 것이 어느 정도 효과가 있던지요?

날로 어려워져 가고 있습니다. 속의 생활이 나날이 어려워져 가고 있기 때문이기도 하며, 속의 기운이 날로 탁해져 가고 있기 때문이 아닌가 합니다.

자신의 발전은 어떠한지요?

많이는 아니나 꾸준히 향상되어 가고 있습니다.

알았습니다. 잘해보십시다.

그리하도록 하겠습니다.

3

언니들은 어떤 분들이신지요?

모두 다섯 명이며 선옥, 선희, 선명, 선화, 선국입니다. 큰언니 선옥은 선계의 맏며느리격인 '좌옥'으로서 선계의 다양한 업무를 살펴보고 있사옵니다. 둘째 선희는 서실書室에서 하는 일을 돕고 있으며, 셋째 선명은 명부命府의 일을 돕다가 잠시 지상에서 공부 중이며, 저는 아직 공부 중이옵고, 막내 선국 역시 지상에서 공부 중입니다.

선명은 복귀하면 다시 명부의 일을 할 예정이며 현재 지상 나이로 32세이고, 선국은 13세입니다. 선옥의 일과는 선계의 명성궁에서 모든 일을 챙기는 것, 즉 집사와 같은 일을 하는 것으로 시작하며, 이 명성궁은 선계의 일 중 중간 단계 이하의 일, 즉 선계 일부와 영계, 지상계의 일을 다루는 곳입니다.

선계에서의 연령으로 보면 어리기는 하나 업무상으로 보면 상당히 중요한 업무를 담당하고 있으며, 중요도로는 상위 30% 내에 드는 업무입니다. 선계의 나이로 3만여 살인바, 아직 아동의 단계입니다. 선계에는 연령을 계산하지 못할 정도의 분들이 많이 계십니다.

선옥이 지상에 다녀간 횟수는 생(인간의 몸으로 태어난 것)과 업무(일을 위하여 영체로 다녀간 것)를 합하여 300여 회에 이르며 생으로 다녀간 것만 60여 회 되는바, 그냥 다녀가면 견학과 같아 특별한 영격 상승이 어렵습니다.

선옥의 경우에는 지상의 나이로 비교해본다면 약 17~18세 정도라고 할 수 있는바, 선계에서는 대부분 20대인 것으로 보이기 때문입니다.

그 나이에 머물려면 언제까지도 머물 수 있습니다. 대개 선령의 차이는 기색으로 판명되며 백색 기운은 백색 옷을 입습니다. 3만 살 이내인 경우입니다. 다음 상위 단계가 황색 기운인바, 황색 옷을 입습니다. 7~10만 살 이내입니다.

그 위가 주황색인바 옷 색깔 역시 같습니다. 20~30만 살까지입니다. 그 위가 주홍색인바 50~100만 살 정도입니다. 연하고 맑고 투명해 보이는 적색은 100만 살 이상입니다. 수천만 년까지도 있을 수 있습니다.

기색과 등급은 또 다른 의미가 있습니다. 기색은 대개 자신의 수련 단계에 따른 영격을 나타내주는 것이나, 등급은 직책이나 공로에 따라 차등이 있을 수 있습니다. 기색은 인간의 연령과 같은 것이며 등급은 직책과 같은 것으로 보시면 되겠습니다.

따라서 극히 드문 일이기는 하나 영격이 높아도 등급상으로는 하찮은 경우도 있습니다. 선계에서는 영격이 높은 편이나 지상에 내려가 있는 동안 0(zero)등급에 속하며 본래 자신의 등급은 잠재적으로 분류됩니다. 대개 복귀하면 1~2등급 상향 조정되는 경우가 많으나 그렇지 않은 경우도 있습니다.

알았습니다. 다시 보시지요. 선인들이 알고 있는 내용들이 후배들에게는 상당한 도움이 되는 경우가 많습니다. 언제나 선인들이 바라보고 있는 것을 알고 있습니다. 고맙게 생각하고 있습니다.

감사합니다.

선계의 등급

선계에는 10등급이 있다. 이 10등급 중에는 최고 등급인 10등급과 최저 등급인 1등급이 있다. 이러한 외부적인 등급 구분은 선계가 끝이며, 조물주의 반열 즉 우주 본체가 되면 사라진다. 우주의 등급은 그 자체가 질서이며 반드시 지켜져야 할 규칙이다. 규칙의 제정은 조물주가 하므로 선계에서는 규칙을 지키지 않을 수 없다.

10등급 선인의 최고의 경지로서 곧 조물주의 반열에 들어갈 수 있음을 말한다. 이 등급에서는 모든 것을 초월하여 100% 순도 높은 선체仙體를 만들어 조물주의 반열에 들어갈 준비를 하는 등급이다. 상시 무아의 경지에 들어가 있다.

9등급 10등급이 되기 위한 준비를 하는 등급이다. 8등급이 모여서 결정한 일에 대한 최후의 추인을 담당한다.

8등급 선계의 일을 관장한다. 지상의 영의정, 국무총리와 같으며 7등급은 좌·우의정, 감사원장 등과 같다. 선계 이하의 중요 사안에 대한 결정은 8등급에 와서 끝나는바, 국무회의와 같은 기능을 가지고 있는 조직도 있다. 때로는 9등급 이상의 선인들이 업무상 8등급의 일을 맡는 경우도 있다.

7등급 중요 사안에 대한 집행 결정권을 가지고 있다. 실무 국장급 정도이며 각종 인간사와 선계, 영계의 일에 대하여 가장 많이 알고 있는 선인들이다. 지구에 대한 것만이 아닌 은하계와 그 이상의 별들에서 일어나는 일들도 모두 관장한다.
지구를 관장하는 7등급 선인은 별을 관장하는 분야의 2위로서 60여 개의 별을 관장한다. 하부 조직의 선인이 40여 분 계신다. 1위가 관장하는 별은 상당히 진화가 진행된 헤로도토스 등이며, 2위 선인은 영적인 발전을 할 수 있는 별들을 관장한다.

6등급 실무에 관하여 가장 많은 지식을 가지고 있는 선인들이다. 선계의 허리 역할을 하며 매사의 절반 정도가 이들의 결정으로 가능하다.

5등급 실무에 능하면서 실제로 선계의 업무를 하는 부서 책임자들이다. 일반 회사와 비교하면 과장급이다. 10등급은 고문, 8·9등급은 이사 정도에 비교할 수 있으며, 대표 이사는 조물주이다. 6·7등급은 부장급이라고 할 수 있다. 별로 중요하지 않은 일, 즉 일상적인 업무에 대한 결정권(행정 부서의 전결권과 같은 정도)을 가진다. 선계의 1, 2등급 인사에 대한 건의권도 가진다.

4등급 굳이 비유하자면 계장급 정도. 하지만 뚜렷한 등급이 정해진 것은 아니다. 하는 업무에 비교해보면 그렇다는 것이다. 선계에서는 대체로 직책의 중요성과 자신의 영성은 정비례하므로 상승을 원한다거나 원치 않는 것과 무관하게 자리가 정해진다. 선계의 법칙은 절대적이므로 하늘 단계와 같이 선과 악이 엎치락뒤치락하는 일은 없다.

3등급 선계에 들어가면 가장 많이 만나는 선인들이 3등급과 2등급이다. 대부분 나름대로 중요한 일을 담당하고 있으며 선계에서 나서는 일은 모두 이들이 담당한다. 군대로 말하면 상병과 고참 일등병이다. 이들을 중심으로 선계의 실무가 운영되어 나가며 행동이 필요한 부분은 이들이 직접 챙겨 나간다. 선인善人 중의 선인善人으로 본성이 선善으로만 구성되어 절대 남에게 불필요한 부담을 주지 않으며 자신의 일을 완벽하게 챙겨 나간다.

2등급 조장급. 하는 일은 3등급과 같으나 3등급이 주가 되고 2등급이 종이 되는 입장만 다르다. 3등급이 없는 곳에서는 2등급이 주가 된다.

1등급 선계 진입 신참자. 아직 오리엔테이션 중이므로 담당 업무는 없다. 영성을 다시 한 번 검증받으며 부족한 부분을 연마한다. 선계 진입은 이미 본성을 검증받은 일이기는 하나 부족한 부분은 여기에서 다시 한 번 닦아낼 수 있는 기회를 준다. 선계에 들어가도 악심이 발아하면 탈락하는 경우도 생기는 바, 1등급 시기에서 있는 일이다. 여기에서 말하는 선계는 선계 중의 선계로서 법계를 말한다. 영계는 발전이 없으나 법계는 자신의 노력에 따라 발전이 가능하다.

4

언니들 얘기를 계속하시지요. 언니는 속俗에서 어떤 직업을 가지고 있는지요?

선계에서 공부하던 업무와 유관한 업무에 종사합니다. 선계에서 명부의 일을 보았으므로, 지상에서도 의사로서 사람들이 운명하는 것을 가장 많이 지켜보며 자신이 앞으로 판단하여야 할 부분에 관한 실습을 합니다.

인간의 임종 무렵은 인간 본연의 모습이 가장 잘 나타나는 때로서 이 때를 보면 그 사람의 본성을 파악할 수 있으며, 본성의 모습은 사후에 어떠한 길로 갈 것인가에 중요한 영향을 미칩니다.

인간계의 법도 과실과 고의가 다르듯, 하늘의 법도 선한 자가 저지른 업보와 악한 자가 저지른 업보는 같은 행동이라도 무게가 다른 법입니다. 착한 학생의 한 번 잘못과 악한 학생의 또 한 번의 잘못이 다르듯, 본성의 차이에 따라 같은 행동의 업이라도 다른 결과를 가져오는 것입니다.

선명은 그래서 이름이 선명善命이며, 명부에서 일을 보고 있습니다. 속에서 인간의 많은 모습을 보고 다시 귀계歸界하면 더 정확한 판단을 할 수 있으리라 믿습니다. 선명은 선계 4등급이며, 이 정도면 그리 흔치 않은 선녀입니다.

선인의 경우 지상에서 결혼을 하고 말고는 본인의 뜻에 따르며, 한 가지 더 해보고 싶으면 결혼도 해보고 아니면 안 해도 무방한 것입니다. 대개 지상으로 오고 나서 영성이 깨일 때까지 거의 10여 년간을 평범한 인간으로 살아가는 경우가 많으며, 그 후 어떠한 동기에 의해 자신의 영성을 깨닫고 수련을 하는 경우가 많습니다.

선명은 18세부터 수련을 하였으며, 본래의 길에 들어서면, 하든 안 하든 수련은 계속 진전됩니다. 선인仙人의 경우 육신의 조화가 마음에 달려 있으므로 건강을 지키기에는 쉬운 편입니다.

외모는 본인의 원에 의해 수수한 편이며, 기적氣的인 면을 외부로 유출하지 않아 수련을 한 사람도 알아보지 못하고 있습니다. 하나하나의 움직임이 날아갈 듯이 가볍고 어긋남이 없어 상당히 단정한 모습으로 생활하고 있습니다.

보통 선계에서 지상으로 내려올 때에는 자신의 인연을 만들어서 내려오므로, 수련을 할 수 있는 시기가 반드시 오게 조정되나, 99.8%는 이를 받고 0.2%는 놓치는 경우가 있습니다. 놓친 0.2%는 두세 번의 기회를 지나면서 깨닫게 되어 있습니다.

알았습니다.

다시 뵙겠습니다.

5

황진이의 선계 막냇동생 선국(지상에서 공부 중이며 속의 연령으로 13세)에 대하여 알고 싶어 이번에는 본성에게 문의하다.

선국에 대하여는 알 필요 없다. 아직 선계의 기억을 되살릴 연령에 와 있지 않으므로 그저 평범한 아이로 크고 있을 뿐이다. 앞으로 문학 계통에 종사하며 인간의 길흉화복을 문학으로 공부할 것이다.

원래 선계의 위치는 인간사에 대한 조종을 맡았었으나, 당분간 쉬는 도중 속에 내려와 공부하고 있는 것이다. 아직은 아무것도 모르니 신경 쓰지 않아도 된다. 그저 평범한 한 아이로 크고 있는 중이다.

여자인지요, 남자인지요?

선계에서 내려오면 원래 자신이 선계에서 가지고 있던 본래의 성性을 그대로 가지고 온다. 본래의 성은 자신의 기운에 따라 정해진 것이며 바꿀 수는 있으나, 처음부터 다시 시작하여야 하므로 너무 힘들다. 대개 정해진 그대로의 기운으로 가는 것이 99.9%에 달한다.

선계에도 전생이 있는지요?

없다. 선계는 하나의 기운이 지속적으로 이어져 내려가며 다만 중간에 모습이 바뀌며 갈 뿐이다. 속에서는 속의 모습으로, 선계에서는 선계의 모습으로 각기 당시에 맞는 모습을 가지고 가게 된다.

이들의 기운은 풀로, 나무로, 바위로, 지상에 모여서 하나의 형태를 구성하며, 아이들의 동화에 나오는 풀의 요정, 꽃의 요정은 이들의 구체화한 분신 중의 하나이다.

이들은 자신의 기운을 하나의 형태로 지상에 구체화하는데, 지상의 모든 기운은 이들이 구체화한 것들 중 일부라고 보면 된다.

동물도 역시 마찬가지인바, 사람의 단계에 이르면 이들이 몸을 받아 다시 수련을 할 수 있을 정도로 발전하게 된다. 선계의 모든 일이 가볍지 않으나 이들이 하는 모든 일도 하늘의 일이라 풀 한 포기, 나무 한 그루에도 하늘의 뜻이 있는 것이며, 비 한 방울에도 하늘의 뜻이 담겨 있는 것이니라.

더욱이 사람이 하는 일에 있어서는 고난도의 수업 내용이 담겨 있다. 하늘이 하는 일은 모두 사전에 정해진 것이 있음이며, 반드시 그 정해진 대로 가는 것은 아니나 대체로 큰 흐름에서 벗어나는 것은 아닌 것이니, 그대로 지켜나가면 되는 것이다.

본성을 찾아 모든 미물의 위치와 업무를 익히고 그들을 통하여 공부의 단계를 높이는 것은 또 하나의 공부 재미이니라. 이 모든 것들을 글로 표현해보도록 해라.

6

어떤 이유로 기생이 되어 공부하는 프로그램을 택했는지 알고 싶습니다.

저의 할 일은 지상에서 많은 사람들의 마음에서 일어나는 파장을 좀 더 가까이에서 느껴보고 확인하는 일이었습니다. 양가의 규수로는 불가한 일이었으나 인간의 파장 중 가장 솔직한 답이 나오는 곳을 찾아다녔던 것입니다.

출생부터 그러하였으며 나중의 삶도 그러하였습니다. 기방에서의 생활이나 지족(선사)과의 관계가 모두 그러하였던 것입니다. 그래서 천민에서 수도승에 이르기까지 인간의 모든 성스러움과 속됨에서 우러나오는 감정을 모두 알 수 있었던 것입니다.

처음부터 인간의 모든 것을 알고 있었던 것이었으나 다시 한 번 확인하고 복계復界하였던 것입니다. 이러한 '스케줄'은 고급 차원의 수련법으로서 이러한 방법을 쓰면 상당히 신속한 진도를 볼 수 있습니다.

인간이 속에서 단맛, 쓴맛을 다 보며 커야 어른이 되어 정확한 판단을 할 수 있듯, 선계의 공부도 인간계에 나와 가급적 다양한 공부를 할 수 있는 길을 택하는 것이 바람직스러운 것입니다. 그러나 그렇게 하지 않고도 되는 방법도 있으므로 다른 길로 가는 많은 선인들이 있습니다.

저의 일생은 따라서 고난스러운 가운데 즐거움을 찾는 방법으로 사람들을 대하였으며, 그런 속에서 제가 알아야 할 부분들을 모두 챙길 수 있었던 것입니다. 저와 같은 '스케줄'을 가지고 나왔다 돌아간 사람들이 몇 명 있습니다.

명기名妓로 이름을 날린 대부분은 그러한 사람들이었다고 보시면 됩니다. 원래 기생이란 천한 직업으로서 천직賤職 중의 하나라고 할 수 있습니다. 그러나 공부에 이용하려 하면 가장 나은 길을 제시해줄 수 있는 방법이기도 한 것입니다.

단순한 인간의 길로서 권할 바는 아니나, 마음먹기에 따라 상당한 공덕을 쌓을 수도 있는 방법입니다. 인간의 괴로운 감정을 즐거움으로 승화시켜 인간계의 진화에 공헌하며, 자신의 마음을 인간의 감정에 그대로 투영시켜 많은 사람들에게 즐거움과 동경과 꿈을 심어주는 것은, 단순한 보통 인간의 영혼으로서 할 수 있는 일은 아닙니다.

저는 음계(여성)의 선인으로서 자신의 위치를 지키면서 지상의 확인하여야 할 바를 대부분 파악하고 돌아간 사례입니다. 지상에 나오는 '스케줄'은 자신이 선택하고 나오는 것이며, 선계의 허락이 내리면 그렇게 실행하게 됩니다.

주로 인간계에서 만났다는 선인들이 선계의 2, 3등급들인바,

이유는 이들의 임무가 선계, 속계를 불문하고 나가서 다니며 업무를 처리하는 것이기 때문입니다. 인간과 만났을 때는 노인의 형상을 하는 수도 있으며, 대개 선계에서 활동이 가장 왕성한 층들입니다.

7

황 선인. 오랜만입니다.

그간 건안하셨사옵니까?

저야 항상 좋습니다. 황 선인은 어떠한지요?

선계는 항상 좋습니다. 오늘은 어쩐 일이시온지요?

그냥 보고 싶었습니다. 황 선인과 이야기도 좀 할 겸해서….

속俗에서도 힘드시지요?

황 선인이 와보셔서 아시겠지만 '속'이 어디 편한 곳인지요?

그러실 것이옵니다. 그래서 근래 들어 '속'에 내려간 선인들은 전보다 많이 공부를 하고 오는 것 같사옵니다.

황 선인의 공덕도 참 대단하십니다.

무슨 말씀이시온지요?

어떻게 하고 오셨길래 근래에까지 속俗의 남성들이 황 선인 이야기만 하고 있는지요?

과찬의 말씀이시옵니다.

제 희곡 선생님이 황 선인을 소재로 한 오페라 대본을 준비하고 계십니다. 그래서 한바탕 토론을 했습니다만, 황 선인이 선인이 아니라 그저 잘나고 유식한 기생이면 좋겠다는 말씀이셨습니다.

(웃는다.) 그렇습니까?

저는 황 선인이 어떤 방법으로 그런 공부를 했는지 아직도 도저히 감을 잡을 수 없습니다.

그러실 것이옵니다.

황 선인이 '속'에서 무언가 남기려고 한 일이 무엇인지요? 단지 양반이나 선사들을 골탕 먹이기 위해 그런 일을 했다고는 보지 않습니다만….

그렇습니다.

한데 황 선인은 그런 일들을 통하여 '속'에 있는 사람들에게 무엇인가 메시지를 남기려 한 것 같습니다만, 아직 그 문제에 대하여 깊이 생각해보지 못했습니다.

깊이 생각하실 것 없사옵니다. 선생님께서 하시고 계신 일과 똑 같은 일이옵니다.

아니지요. 방법이 문제 아니겠는지요? '속'에서 속인들이 궁금해하는 것은 '속'에서 사용한 교화 방법상의 차이지요. 이를테면 황 선인이 인간으로 왔을 때 다른 남정네들을 대함에 어떠한 마음가짐을 가지고 있었는지 하는 것들일 테지요…. 안 그런지요? 남자에게 있어 여자와, 여자에게 있어 남자는 항상 영원한 숙제 아니던지요?

그런 것 같사옵니다.

저는 아직 그것을 잘 모르겠습니다.

그런 점이 있으실 것이옵니다.

황 선인은 남자들을 대함에 어떠한 생각을 가지고 임했는지요?

저는 커서야 선계의 일원임을 알았습니다.

언제 알았는지요?

저를 그리다 죽은 총각의 상여에 옷을 얹어주고 나서야 알았습니다.

그러고 나서 어떤 계기가 있었는지요?

며칠 후 잠결에 갑자기 앞이 환해지며 도인 한 분이 나타나셔서 이제 첫 번째 관문을 통과하였다고 하셨습니다. 그러고 나서 자네는 이승에 온 임무가 중생들의 교화이니 잘 생각해보라고 하셨습니다.

그게 누구였는지요?

선생님 아니셨사옵니까?

그랬던가요?!…. 그러고 나서 어떻게 살았는지요?

그 후로는 항상 골똘히 생각되는 것은 선생님과 선생님이 남기신 과제였습니다. 잠결인 것 같았으나 분명히 잠결은 아니었던 것이, 일어나서도 너무나 생생하였기 때문입니다.

그 과제를 풀기 위한 생각과의 싸움을 몇 달 정도 한 것 같습니다. 그 과정에서 제가 느낀 것을 제가 '속'을 떠날 때까지 거의 지키며 살았습니다. 가끔은 장난을 하기도 하였으나 그런 것까지 모두 큰 범주를 벗어나는 것은 아니었습니다.

제가 황 선인을 왜 만나려는지 알고 있는지요?

알고 있습니다.

무엇이라고 생각하고 있는지요?

선생님의 뜻을 펴기 위한 일의 일부라고 생각하고 있습니다.

달리 생각되는 것은 없는지요?

없사옵니다. 선생님께서 하시는 일에 제가 무슨 다른 생각이 있겠사옵니까?

그 후로는 다시 내려온 적이 없는지요?

없었사옵니다. 아직 그때 내려갔던 당시 한 일에 대하여 선계에서 다 풀어놓고 있지 못하옵니다.

그럴 것입니다. 차츰 저하고 보따리를 풀어보시지요.

불러주시면 그렇게 하겠사옵니다.

다시 보십시다.

안녕히 계십시오.

이후 필자는 다른 일에 바빠 황진이 선인과의 만남을 미루고 있다.

이율곡

李珥

1536~1584 조선 시대의 문신으로 성리학자이자 정치가, 철학가, 작가이다. 호는 율곡이며, 부친 이원수와 최고의 현모양처로 추앙받는 신사임당 사이에서 셋째 아들로 태어났다. 아홉 차례의 과거시험에서 모두 장원해 사람들에게 구도장원공九度壯元公이라 불렸다.

공납의 폐단을 시정하는 '대공수미법'의 시행을 주장했으며, '동호문답', '시무육조' 등을 통해 사회제도의 개혁을 논하였다. 또한 왜구의 침입에 대비한 '십만양병설'을 주장해 임진왜란을 예언했다. 퇴계 이황과 함께 성리학의 쌍벽을 이뤘으며, 이황과 30여 년의 나이 차이에도 서로를 존경하며 학문 교류를 했다. 둘 사이의 '이기이원론', '이기일원론'의 논쟁은 조선 성리학의 새 기틀을 마련했다. 저서로는 『동호문답』, 『성학집요』, 『격몽요결』 등이 있다.

1

선인 이율곡에 대해 알고자 본성에게 문의하다.

선인이다. 근세조선을 통틀어 세 명을 꼽으라면 그중의 하나이다. 도의 경지는 속俗에서 대개 통찰력으로 결정되는 수가 많다. 이율곡의 경우 수련으로 이 통찰력이 상당한 경지에 올랐던 사람 중의 하나이다.

통찰력은 모든 것을 알고 난 후 나타나는 것이므로 어느 정도만 알면 실수가 연발되는 것이다. 선계에서 아주 많은 수련을 쌓고 나온 사람의 경우 통찰력이 이미 상당한 정도에 이른 경우도 있다.

이율곡의 경우는 전생의 수련과 금생의 수련이 90% 이상 일치하여 진전이 빨랐으며, 따라서 공덕을 쌓음에 있어서도 속도가 빨랐다. 이율곡의 경우 보다 빨리 나올 수만 있었으면 더욱 좋은 결과를 가져올 수 있었을 것이나, 속俗에의 출현이 약간 늦어 그 정도에서 끝내게 되었던 것이다.

이율곡 이후 이만한 사람이 나타나기 어려웠던 것은, 당시 하늘의 업무상 지상에 내려와 공부하려는 사람의 숫자가 적었음이며,

지상에 내려와도 할 일이 별로 많지 않았음이다. 속俗의 공부 과정이 너무나 힘들면 선계의 선인들이 지상 파견을 별로 달가워하지 않으며, 선계도 대체로 큰 방향만 일치하면 어느 정도의 오차는 그대로 방치하는 경우가 많아, 선인의 파견에 적극적이지 않은 까닭이다.

이율곡의 경우 어머니와 자신의 수련이 함께 높았던 이유는, 당시 자신의 수련 이외에 할 일이 없었기 때문이며, 어머니의 수련 정도를 높여 오히려 어머니를 보좌하려 했었던 때문이다.

이율곡은 가장 순수한 인간의 심성으로 세상을 보며 평정하려 노력했던 사람 중의 하나였으며, 이러한 과정이 나름대로 빛을 보았던 경우이다.

속에서 가장 나은 사람 중의 한 사람이며 인간으로서 탐구해볼 만한 사람이다.

2

선계를 향해 인사하고 이율곡을 청하자 장년의 40대가 앞에 나타난다.

뉘십니까?

아르멘티나성星의 '이나타시우스'입니다.

어디에 뉘시라고요?

전에 지구에서 율곡이란 이름을 가지고 있던 기인氣人을 찾으시는 것 아니옵니까?

그렇습니다.

제가 율곡이옵니다.

그런데 어찌 기운이 이렇게 다릅니까?

원래의 저는 현재의 모습이옵고, 전에 지구에 있을 때의 저는 성리학을 연구하여 편중된 기운을 가지고 있던 당시의 모습이옵니다. 그때는 한번 그러한 공부를 하고 싶었사옵니다.

그랬습니까? 그동안 어찌 지내시었습니까?

말씀 낮추어주십시오.

그래도 되겠습니까?

당연하옵니다.

그렇다고 해도 존대를 하겠습니다. 한때 선조이셨던 분이시니까요…. 그동안 어찌 지냈습니까?

아르멘(아르멘티나의 약칭)은 지구와 전혀 다른 시스템으로 움직이고 있습니다. 모든 것이 자전 체제이며, 타력이 작용할 여지가 없습니다. 어디에 있는 누구든 모두 자전 체제로 작동하는 것입니다. 아르멘에서 이 자전 체제 동향의 이상 여부를 감시하는 것이 바로 저의 임무입니다. 항상 이 일을 하면서 지내고 있사옵니다.

할 만한 일입니까?

아르멘의 시스템은 인간이 제외된 지구의 생물계와 같습니다. 모든 것이 자율적으로 이루어지도록 되어 있는 것이며, 이 자율의 균형이 어긋날 소지가 없는 것입니다. 아르멘에 있는 모든 인간 역시 마찬가지이며, 이 별의 기인들은 최소한 기적으로 96% 이상의 완성도를 가지고 있습니다.

평균 이 정도의 완성률은 우주의 모든 별을 통틀어 가장 높은 수준에 속하며, 저는 이 별에서 타율적인 기운이 간섭하는 일이 없도록 보존하는 역할을 담당하고 있습니다.

자체에서 균형이 깨지는 경우도 있습니까?

99.99% 없사옵니다. 허나 일부 우주에서 밀려오는 강력한 파장에 밀릴 경우, 기운의 흔들림이 약간의 불균형을 초래하는 경우는 있사옵니다.

그럴 경우 어떻게 하나요?

대부분 저절로 회복이 됩니다.

아르멘의 위치

전 우주를 통틀어 지구를 0으로 하고, 지구에서 가장 먼 곳을 100으로 하면 69 정도에 위치한다. 우주의 방향을 지구에서 볼 때 남북은 지구의 자극으로 결정되는 것이니만큼 지구에서 통용되는 방향이고, 동서는 지구가 매일 자전과 공전을 하고 있으므로 자체에서 방향을 결정하는 것이지, 우주에서 방향을 찾을 때는 맞지 않는 것이다.

따라서 우주에서 방향을 결정지을 때는 우주 나름의 규칙이 있다. 아직은 우주여행이 없으니 무관하나 앞으로 우주여행이 보편화되면 이 지침에서 정한 방향을 기준으로 하여 사용함이 좋다.

우선 우주의 가운데를 중앙으로 한다. 다음 전 우주를 8등분하여 아, 오(서), 이, 우(동), 르, 미(남), 간, 사(북)로 구분하며, 따라서 아방, 오방, 이방, 우방, 르방, 미방, 간방, 사방으로 되는 것이다.

이 한 가지 방향은 45도씩으로 구분되며, 따라서 '아'와 '오'가 우주의 중심축을 향한 방향으로서 북에 해당하는 방향이고, 나머지는 우측으로 돌아가며 지구의 방위와 같은 방식으로 호칭하면 된다.
우리 은하계는 아방에 속한다. 따라서 북서향이며, 이 아방의 가장 가운데에 중심이 되는 은하계가 있고, 이 은하계의 이름을 따서 해당 은하계를 부른다. 이 은하계의 이름은 간규 은하이며, 이 은하계는 수백 개의 은하로 구성된다.
이 수백 개의 은하가 간규 은하의 지도하에 운영되고 있으며 아르멘은 이 간규 은하의 르방(남동)에 위치하고 있다. 지구에서의 거리는 약 1,000억 광년이다.

3

직책은 무엇입니까?

직책이 없사옵니다. 이 별은 전부 자신의 일을 자신이 하는 체제이므로 모두 자신에 관한 부분만 책임질 뿐 타인의 것을 책임져야 하는 일이 없기 때문입니다. 저의 경우 저희 우주의 균형 보존이 직책이라면 직책이랄 수 있겠습니다.

그럼 잘못되었을 경우 책임은 어떻게 지나요?

잘못될 일이 없으므로 책임질 일이 없사옵니다.

그럴 수도 있습니까?

예. 선계의 위치가 어느 이상 되면 그렇게 되옵니다.

어느 정도 이상입니까?

전원 9등급 이상입니다.

몇 명이나 있습니까?

6명입니다.

누구누구입니까?

저와 리스벨, 카우미, 라크웰, 소니아, 파르넬입니다.

무슨 일들을 하고 있습니까? 그렇게 적은 인원으로 무슨 일을 할 수 있나요?

수준이 높으므로 여러 가지 일을 할 수 있사옵니다. 이를테면 전자동이므로 다른 선인들이 하여야 하는 일의 수천 배에서 수만 배까지도 가능합니다.

어떤 종류의 일입니까?

대개 인간과 같은 돌발 변수가 없는 천체를 수십 개에서 수백 개까지 관할하고 있으며, 이 모두가 하나로 취급됩니다. 우주에서 9등급 이상 되면 거의 완벽한 상태로서 자신이 이미 우주 속에 녹아들어 형체가 잘 드러나지 않습니다. 아스라이 보이는 상태이며, 이러한 상태에서 특별한 사안이 있을 경우 유형화하게 됩니다.

그런데 지구에서 수련이 필요하였던 이유는 무엇입니까?

우주에서 수만 년 생활하다 보면 자극이 필요한 경우가 있습니다. 이 경우 새로운 자극을 받아 수준을 유지하고, 보다 더 강력한 영향력을 가지려면 수련이 필요하게 됩니다.

그렇습니까?

우주란 넓고 넓어서 저희가 관장하는 은하 외에 수많은 우주가 있으며, 이 우주를 관할한다는 것은 많은 힘이 드는 것입니다. 자신의 힘으로 하는 것은 아닙니다만 기운을 조절하는 관리에만도 상당한 기력이 필요한 것입니다.

무슨 말씀인지 알겠습니다. 그래서 지구에서 수련을 한 것이 많은 도움이 되었습니까?

수천 년 사용할 만큼의 기운이 확보되었습니다.

그랬었군요.

4

이 선인의 경우 관리하고 있는 우주는 얼마나 됩니까?

은하계만 한 우주 550개입니다.

그렇게 많은 별들이 한 번에 관리가 되나요?

됩니다.

어떠한 방법으로 관리합니까?

우주가 일정 한도 이상 발전하면 자전 체제로 들어갑니다. 자전 체제로 들어간 이후에는 별다른 관리가 필요치 않습니다.

당신들의 우주에는 인간과 같은 변수가 없습니까?

없사옵니다. 인간은 우주에서도 흔치 않은 경우이옵니다.

어떠한 면에서 말인가요?

마음의 파장을 가지고 있는 것이 그렇습니다. 인간의 파장은 강력하여 그 자체가 에너지이기도 하며, 우주에서 가장 많이 통신

및 수련 수단으로 사용되는 파장의 대부분을 망라합니다.

인간의 파장을 잘 분석하면 온 우주에서 일어나고 있는 모든 일이 그대로 드러납니다.

인간의 역사가 『삼국지』라는 소설 속에 들어 있듯이, 인간의 파장을 분석해보면 온 우주의 만사가 전부 들어 있습니다. 인간은 우주 그 자체인 까닭입니다.

인간의 어느 부분이 가장 이 선인의 마음에 와 닿았나요?

어느 것이라고 할 것이 없습니다. 모든 것입니다.

그중에서 고르라고 한다면 어느 부분인가요?

인간 자체는 전부가 그 특징이 달라 무어라고 단순히 이야기할 수 없는 것입니다. 더욱이 수련으로 그 파장이 강력해진 경우에는 더할 나위 없는 것입니다. 이 인간의 파장은 온 우주를 지탱해주는 역할을 하고 있는 것도 있습니다.

어떠한 면에서 말인가요?

우주는 파장이 에너지입니다. 이 파장은 곧 우주를 존재하도록 해왔고, 우주가 앞으로 발전해나가는 데 가장 근본이 되는 것입니다. 이 파장이 없으면 우주는 곧 죽은 것이라고 할 수 있습니다.

죽은 우주도 있지 않나요?

있습니다. 파장이 없는 우주입니다. 이 우주를 향해할 때면 아무런 소리가 들리지 않습니다.

우주는 진공인데 무슨 소리가 들리겠습니까?

음파를 전달하는 것만 불가할 뿐, 파장의 전달에는 아무런 불편이 없습니다. 오히려 음파로 전달되는 것을 제외한 순수한 파장만 들을 수도 있으므로, 저희한테는 더욱 불편이 없는 것입니다.

그렇군요…. 가장 재미있는 파장은 무엇이던가요?

인간의 파장입니다. 그중에서도 사람이 모여 사는 과정에서 발생되는 모든 파장이 전부 재미있는 것이었습니다. 인간의 파장은 그 자체가 우주의 드라마였습니다.

5

이 선인이 지구에 와서 있었던 일에 대하여 이야기해 보십시다.

처음 지구에 왔을 때는 이곳이 그 말로만 듣던 지구인가 했습니다. 지구에는 대단한 문명인들만 생활하고 있는 것으로 알고 왔습니다만, 와서 보니 너무나 이상한 사람들로만 가득 채워져 있는 것입니다.

행동은 물론, 생각조차도 저희로서는 상상도 못 할 억지는 물론이거니와, 그 생각하는 것들이 타인에 대한 고려가 전혀 없음에 대하여도 놀라움을 금치 못하였습니다. 이러한 놀라움은 차차 지구의 생활에 적응하여가면서 이해가 되었습니다.

지구의 값어치는 한편으로 이러한 엉터리 같은 사고방식과 행동에서 비롯되고 있음에 대하여 알게 되었던 것입니다.

어떤 면에서 엉터리였나요?

도저히 이치에 맞지 않는 주장들이 사방에서 난무하고 있었는데, 이러한 주장들이 처음에는 이해가 되지 않았으나, 그 주장의 뿌리를 훑어보면 나름대로의 이유가 있었던 것입니다.

나름대로의 이유라니요?

그러한 주장을 하게 된 배경이 있었으며, 그 배경에서는 그러한 주장을 할 수밖에 없도록 되어 있더라는 것입니다.

그러면 그것이 나름대로의 순리인가요?

그렇습니다. 그것이 우주의 입장에서 보면 순리가 아니었으나 지구에서는 나름대로의 순리와 같은 역할을 가지고 있었으며, 이러한 억지가 때로는 순리와 같은 힘을 가지고 있었던 것입니다. 그것이 바로 지구의 특이한 점이었습니다.

예를 들면 어떠한 것이 있습니까?

우주에서는 모든 것에 동일한 가치를 부여하며, 이 동일한 가치를 누구나 인정하고 있으므로 서로 다툼이 없습니다. 또한 자신의 영역이 정확히 존재하며, 이 영역 내에서는 자신의 책임이나, 영역을 벗어나면 타인의 책임이므로, 그 부분에 관하여도 서로 다툼이 없는 것입니다.

타인의 영역에 대한 간섭이 없으며, 따라서 후배에 대한 가르침에 있어서도 자신의 영역 안에서 완전히 습득시켜 독립적인 운영이 가능할 때, 그 후배의 영역으로 가도록 하는 것입니다.

영역 선정 시에도 자연스레 빈 곳이 나타나면 그곳을 선정하도록 되어 있으며 따라서 다툼이 있을 수 없는 것입니다. 허나 지구에서는 이러한 규칙이 철저히 무시되고 있었습니다. 상대방의 영역에 대한 이해가 거의 없는 경우가 대부분이었으며, 이해를 해도 자신이 필요로 하는 부분만큼만 하는 것이었습니다.

이러한 사고방식은 극히 이기적이었으며 이러한 인간의 이기심은 이타심을 부르짖는 선배 선인들의 종교나 예술, 기타 다른 방법에 의한 지도로 중화되는 형태를 보이고 있는 것이었습니다.

6

이러한 지도가 참다웠을 때는 빛을 발하여 인간의 본성을 중화하는 데 도움이 되었으나, 경우에 따라서는 도중에 그 흐름이 왜곡되어 정말로 이상한 극도의 이기심으로 발전되고 마는 것이었습니다.

이러한 가르침을 전달하는 것을 빌미로 오히려 자신의 욕망을 채우는 호기로 삼는 사람도 있었으며, 이러한 종교적 욕심에 편승하여 이익을 보려는 사람들이 상당히 많이 존재하고 있었습니다.

그랬었군요. 지금은 어떻습니까?

마찬가지일 것으로 생각합니다.

지구는 왜 그렇게 되었다고 생각합니까?

지구의 제성製星 목적이 우주에 색다른 파장을 주는 것으로 알고 있습니다. 이러한 파장을 발산하는 별은 전 우주를 통틀어 여러 개가 있습니다만, 지구의 경우 아주 특이한 파장을 발산하고 있습니다. 이 파장을 이용하여 다른 별에 에너지를 공급하는 데 있었던 것 같습니다.

공급하는 데 있었던 것 같다니요?

저도 정확히는 알 수 없을 정도의 오랜 세월 이전에 결정된 일이옵니다.

그렇습니까? 이 선인도 모를 정도의 긴 세월이 있었던가요?

우주는 선인의 반열에 서서 전부 보고 알 수 있을 만큼 작은 크기가 아니옵니다.

지구의 파장은 우주에서 어떠한 역할을 합니까?

아르멘에서는 도저히 나올 수 없는 아주 불규칙한 파장이 발생되고 있습니다. 선계의 파장은 강도와 진동이 아주 규칙적입니다. 지구의 파장은 선계의 등급이 상당한 수준에 이르러도, 처음으로 이 파장을 받으면 잠시 동안은 아주 기분이 불쾌할 수도 있는 파장이옵니다.

본래 선계에서 익숙했던 파장과 비교하면 파장의 질이 너무 이상하기 때문입니다. 허나 이 파장에 익숙해지면 이것이 상당한 진폭과 세밀함을 가진 파장이며, 이 파장을 정확히 읽고 이해한다면 기력이 상당한 수준으로 증가됨을 느낄 수 있습니다.

어째서 그렇다고 생각하는지요?

이 파장은 그 파장 자체가 에너지입니다. 인간이 발산하는 각종 파장 속에는 극도로 집중되었을 때 나타나는 알파파가 있는데, 이 파장은 우주의 파장과 아주 유사하여 선인들이 우주의 파장과 잘 혼동할 정도입니다. 이 외에도 지구의 다양한 전문가들이 작업이나 연구 중 발산하는 파장은 상당한 파워를 가진 파장입니다.

그렇게 좋은 파장을 왜 지구에서만 발산되게 하였다고 생각합니까?

이러한 불규칙한 파장이 여러 별에서 발산되면 우주가 혼란스러워집니다. 허나 수십 개 우주에 한 개 정도 있는 것은 상당히 긍정적인 자극이 됩니다.

어떠한 면에서 그렇습니까?

이러한 파장은 우주에서 안이하게 지내던 선인들에게 상당한 자극이 됩니다.

7

상당한 난도를 지닌 수련 성星이라고 할 수 있는 지구에서 수련하여 등급을 격상시킨 지구 출신의 선인이라면, 우주에서도 기본적으로 지정된 등급보다 더욱 높은 수준으로 대우받습니다. 지구는 수련을 하고 싶다고 마음대로 올 수 있는 곳이 아닐뿐더러 한 번 왔다가 마음대로 빠져나갈 수 있는 곳도 아니기 때문입니다.

무슨 말씀인지요?

지구로 입성入星할 때는 우주에서 가지고 있던 모든 것을 전부 버리고 와야 하며, 맨몸으로 수련을 시작하여 어느 정도의 단계에 오른 후, 그 이상의 단계를 바라보며 진전해야 하는 수련 과정이 상당히 어렵습니다. 더욱이 잘못하면 그간의 모든 것을 희생할 수도 있어 대단한 각오를 하여야 하는 고난도 수련 과정이므로, 전 우주를 통틀어 가장 어려운 과정들도 포함되어 있습니다.

그렇게 어려운가요?

생각보다 수십 배에서 수천 배 정도의 고난도 수련 과정입니다.

지구에는 수만 등급의 수련 과정이 운영되고 있습니다. 동일한 시간과 장소에서도 제각기 다른 과정이 운영되고 있으며, 한 집단 내부에서도 다양한 과정이 운영되고 있습니다.

상하 간, 동료 간에도 각기 다른 과정이 운영되고 있으며 이 과정에 합격하지 못하면 선계의 기존의 위치를 전부 잃어야 할 경우도 있습니다. 특히 고난도 수련 과정일수록 얻는 것과 잃는 것은 정비례합니다.

즉 수련 과정이 어려울수록 얻는 것도 많으며, 수련 과정이 쉬우면 얻는 것도 적습니다. 어느 과정을 택하는가 하는 것은 95% 정도가 자신의 뜻이며, 나머지 5% 정도가 우주의 선택입니다.

이 선인은 어떻게 지구에 오게 되었나요?

저는 자의에 의해 오게 되었습니다.

어떻게 오고 싶은 생각이 들었는지가 궁금합니다.

저의 수준에서는 수련을 더 하지 않아도 됩니다만, 이 정도로서는 우주를 통할하는 데 다소 부족함을 느끼게 되어 다른 방법도 있었으나 지구를 택하게 되었습니다.

와 보니 어떻던가요?

처음에는 실망하였으나 나중에는 역시 지구였다는 생각을 하였습니다.

오고 싶으면 어떠한 신청 절차를 거치는지요?

자신의 의지를 굳게 가지고 있으면 우주의 '스케줄'에 반영되며, 자연스레 다음번 수련자 명단에 들어가게 됩니다.

그렇군요. 이나타! (이나타시우스의 약칭)

예.

그렇게 불러도 되겠는지요?

예. 제 약칭이옵니다.

8

이나타께서는 성공한 편인지요?

그렇습니다. 저는 무려 3등급이나 승급할 수 있었사옵니다.

그랬습니까? 그렇게 승급하는 것도 가능하던가요?

그랬습니다. 지구에서 저보다 더욱 성공했던 선인들이 없는 것은 아니나, 저 역시 가장 성공한 편에 속합니다.

어떻게 그렇게 도약할 수 있었던가요?

수련 과정상의 독특함 때문이었습니다.

무엇이 독특하던가요?

선생님께서 아시고 계시는 것들이옵니다.

아닙니다. 모르고 있습니다. 이야기해 보시지요.

극도의 갈등은 극도의 파장을 발생하며, 극도의 갈등이 발생한 파장은 발전이든 퇴보든 양단간에 결정이 되도록 이끌게 됩니다.

이나타께서는 무엇 때문에 갈등을 겪었는지요?

지구의 모든 것들이었습니다.

그중에서 하나를 든다면 어떤 것인지요?

인간들이 어느 하나를 놓고 깊이 있는 탐구를 하는 것은 아주 긍정적인 발전을 가져올 수 있습니다. 허나 그렇지 않고 아주 명분론에 치우쳐서 다른 사람의 신상에 극도의 해악을 끼치는 것 역시 잘만 활용하면 상당한 발전을 이룩할 수 있는 길이 내재되어 있습니다.

좋은 방법은 아니지 않나요?

좋은 방법은 아니나 결과적으로 좋은 결과가 나오게 되었습니다.

그랬습니까? 하지만 제 생각으로는 좋지만은 않은 것 같습니다. 모두에게 잘되도록 하면서 발전하는 방법도 있지 않을까요?

그러한 방법은 없습니다.

왜 그렇게 되던가요?

역으로 치는 방법이 오히려 효과적일 수 있기 때문입니다.

그렇던가요?

그렇습니다.

이나타께서는 그러한 경우였나요?

그렇습니다.

그랬었군요.

우주의 만사는 순리대로이나 지구의 만사는 역으로 치는 편이 오히려 승부가 빠른 경우가 왕왕 있었사옵니다.

그것이 지구의 순리이던가요?

겪어보고 나니 그것이 지구의 순리였사옵니다.

9

우주에서는 통할 수도 없고, 통하지도 않는 사고방식이므로 그렇게 할 수는 없사옵니다. 허나 지구에서는 다소 억지를 부리는 것이 순리인 것처럼 보이는 경우가 많이 있었사옵니다.

그러한 억지는 부려도 좋은 것인지요?

아닙니다. 주변의 상황이 아무리 안 좋아도 자신은 순리대로 가는 것이 공부에 도움이 됩니다. 역逆으로 치면서 오히려 정正으로 가는 것이므로, 그 안에는 엄청난 진리의 태산이 숨어 있습니다. 이 진리를 안다는 것은 정의 모든 방법, 순리를 알고 나서 가능한 것입니다.

순리란 무엇인지요?

기운의 흐름대로 가는 것이옵니다.

순리대로 안 되는 것은 어떻게 합니까?

순리가 아닌 것을 순리대로 받아들이는 것이 공부이옵니다. 역은 순리보다 한 차원 높은 진리입니다.

순리를 순리로 받아들이지 않고 순리가 아닌 것을 어찌 순리로 받아들인단 말인가요?

지구의 순리는 역으로 풀어야 하는 것들이 상당히 많습니다. 즉 순리가 아닌 방향으로 가면 순리에 도달하게 되는 것입니다.

그것이 지구의 순리란 말인가요?

그렇사옵니다. 지구의 순리는 역으로 되어 있는 것들이 상당히 많습니다.

한 가지 예를 들어보시겠는지요?

예…. '대통령에 당선되었으면' 하고 평범한 다수의 사람들이 바라는 사람이 대통령이 되지 않고, 의외의 사람이 대통령이 되는 것과 같은 것입니다.

평범한 다수의 사람들이라면 대중을 말하는 것인지요?

그렇습니다.

순리는 대중이 원하는 방향입니까?

예. 순리와 역리는 평범한 사람들의 생각을 기준으로 합니다. 인간의 기운을 생성하는 것은 평범한 다수의 사람들이며 이들의 기운을 인도하는 것은 소수의 선인들입니다.

그러면 일국의 대통령이 되는 일에도 소수의 선인들의 의도가 작용합니까?

물론입니다.

민심이 천심 아닌가요?

하늘의 뜻은 다수의 사람들이 원하는 방향과는 다를 수도 있는 것입니다. 그렇기에 의도적으로 기운의 흐름을 바꾸어놓을 수 있는 것입니다.

다수의 사람들은 태평성대를 바라지만 하늘은 공부를 위해 일부러 힘든 상황을 초래한다는 말씀이시군요.

예. 순리로 흐를 때는 기운의 흐름이 부드러우며, 역리로 흐를 때는 기운의 흐름이 사납습니다. 이 사나움은 기운을 뒤집어놓으므로 전쟁의 폐허와 같은 상태를 만들어 새로운 기운이 싹틀 소지를 만들어왔습니다. 이러한 어수선한 시기에 자신을 잘 관리하여온 사람은 자신의 뜻을 심을 수 있었으며, 휩쓸려 살아온 사람은 역시 휩쓸려 살아감으로 자신의 의지가 없었던 것입니다.

기운의 흐름을 바꾸는 것은 어떤 경우에도 가능합니까?

인간들의 진화를 위한 공부의 의도가 있을 때만 가능합니다.

허나 정치나 경제 지도자들이 선계나 대중의 바람과는 다른 방향으로 기운을 이끄는 것도 역리 아닌가요?

맞습니다. 그것은 그들의 뜻입니다. 지구의 '스케줄'은 항상 순리와 역리가 절반씩 되도록 짜여 있는 것입니다.

10

하늘의 뜻과 인간의 뜻을 구분하기가 매우 어렵군요.

인간의 뜻에 의한 역리일지라도 그것을 통해 교훈을 얻는다면 곧 하늘의 뜻, 즉 순리가 되는 것입니다.

알겠습니다…. 역리의 시기에 더욱 공부가 된다는 것에 대해 자세히 말씀해주시지요.

인간들은 태평성대에는 현실에 안주하려 하여 발전이 더디지만, 극한 상황에서는 진화의 여건이 한꺼번에 마련됩니다.

전쟁이나 정치, 경제적으로 극한 상황 말씀인가요?

그렇습니다. 지도자들이 정치를 잘못하여 나라가 위기에 빠지면 국민들의 의식은 한결 성장하게 됩니다.

좋지 않은 모델을 보면서 저렇게는 하지 말아야지, 이렇게 해야지…, 하는 판단이 생긴다는 말씀이지요?

그것이 바로 역리로서, 대중을 한꺼번에 교화시키는 방법으로서는 그 이상의 교재가 없는 것입니다.

좋지 않은 국회의원들이나 바람직하지 않은 경제 지도자들이 큰 기운을 지원받아 국가나 기업을 주도하는 것들도 같은 맥락에서 보아야 하는지요?

반드시 그렇지만은 않습니다.

경우에 따라 다르다는 말씀이신지요?

사람에 따라 다르옵니다. 먼저 사람을 세울 때 원래는 정正의 방향으로 가게 되어 있었는데, 차츰 사邪나 역逆의 방향으로 흐르는 것들도 있습니다.

욕심에 가려서 그렇게 되는 경우인가요?

그렇습니다.

그럴 때 선계에서 기운을 끊지 않고 계속 지원하는 것은 무슨 이유 때문인지요?

그런 경우는 선계는 관여하지 않고 그 아래 단계에서 지원하는 것이나, 선계는 공부 차원에서 방관하고 있는 것입니다.

역으로 더 많이 배우기 때문이란 말씀이지요?

예.

개인적인 일에서도 순리로 되지 않고 역리로 흐를 때, 즉 일이 꼬이는 것이 순리인지 역리인지는 어떻게 찾아내야 하는지요?

자신의 일을 통해 찾아내야 하며 모든 것이 공부라고 생각한다면 역리라도 순리로 받아들일 수 있을 것입니다. 인간으로 태어난 이상, 인간으로 태어나기를 원해서 지구에 온 이상, 어쩔 수 없도록 작성되어 있는 '프로그램'입니다. 당연히 되도록 되어 있는 것이 안 되는 것들은 모두 '프로그램'이 그렇기 때문입니다. 이러한 과정을 통하여 우주는 인간에게 보다 깊은 진리를 전하고 있는 것이옵니다.

그 길은 스스로 찾아야 하는지요?

그렇사옵니다.

그런데 그것이 쉽지 않은 일 아닌지요?

그래서 수련이 있는 것입니다. 인연이 가까우면 수련을 통하여 갈 수 있도록 되어 있습니다.

그 인연이란 것이 아무에게나 있는 것은 아니지 않습니까?

그렇습니다. 인연이란 것 자체가 귀한 것입니다. 이 인연의 길에 들어서는 것만으로도 상당한 혜택을 받은 것이라고 할 수 있습니다.

인연의 길에 든 것은 무엇을 보면 알 수 있습니까?

11

앞으로의 인연은 지금 쓰시는 이 책 속의 메시지를 처음 접하는 것에서 시작될 것입니다.

그렇습니까?

형태는 다를지라도 이 책 속에 담긴 메시지를 통하여 인간이 왜 고해에서 이러한 생을 보내야 하는지에 대한 모든 것을 알 수 있을 것입니다.

인연이란 참으로 소중한 것이군요.

그렇기 때문에 그 인연을 통하여 영격 상승을 이룩할 수 있는 것 아니겠습니까?

그렇습니다.

허나 인연이 있다고 해서 전부 수련을 할 수 있는 것은 아니옵니다.

어떠한 인연이 있어야 수련을 할 수 있는지요?

수련을 할 수 있는 인연이 있어야 하옵니다.

그것은 누구에게 주어지는 것인지요?

상당한 인연이 있는 사람에게 주어지는 것이나, 인연이 아니었던 사람들에게도 이 책을 통하여 새로운 인연을 만들어줄 것이옵니다.

새로 만들어지는 인연은 어떠한 방법으로 찾아오게 되어 있는지요?

역시 이 책을 통하여서입니다.

그 외에는 어떻게 하면 되겠는지요?

다양한 방법이 있으나 가능한 방법은 모두 동원이 될 것입니다.

하늘이 도와준다는 것입니까?

그렇습니다.

인간들은 전부 자신들이 순리라고 정해놓은 것을 믿고 있는데, 역으로 치는 방법은 어찌하면 찾아낼 수 있겠는지요?

마음을 비우면 됩니다.

어떻게 비워야 합니까?

생각을 안 하는 것입니다. 생각을 하면 기운의 방향이 그쪽으로 가게 되어 있습니다. 생각의 방향을 안으로 삭이면 생각 밖의 것은 비워지게 되어 있습니다.

그래도 안 된다면 어떻게 해야 합니까?

차차 연구하다 보면 모든 것이 저절로 순리대로 가게 됩니다. 지구에서는 한 번에 순리대로 가는 것은 별로 없는 반면, 하다 보면 순리대로 가도록 되어 있었사옵니다. 자신만의 문제에 대하여는 스스로 길을 찾아내야 합니다.

그런 식이라면 수련생들이 너무 힘들지 않겠는지요?

그것이 공부이므로 생각하기에 달렸습니다. 이러한 방법은 자신이 겪어야 할 수많은 시행착오를 가장 많이 줄일 수 있는 방법입니다.

그렇게 생각하는 사람이 얼마나 있겠는지요?

12

공부란 쉽게 되는 것이 아니므로 도중에 수많은 난관을 겪게 되어 있습니다. 그것을 겪어 넘기는 것이 공부이지, 모든 것을 만들어놓고 편하게 즐기면서 가는 것이 공부가 아니옵니다.

그거야 다 알고 있는 사실 아닙니까?

알고 있으면서 잘 안 되는 것이 지구의 일이옵니다. 우주에서는 그러한 일이 없사옵니다. 따라서 사전에 지구에서 영격의 상승을 위한 공부를 하는 것이옵니다. 알고 있는 일을 실천하지 않으면 영격의 상승은 어려우니까요. 따라서 수련이란 알고 있는 일을 몸소 겪어내어 내 것으로 만드는 과정입니다.

수련이 끝나면 알고 있는 대로 된다는 것인지요?

그렇습니다.

그러면 무슨 재미가 있겠는지요?

바로 그것이 지구와의 차이입니다. 우주에서는 그것이 정상이며 모든 것이 순리대로 이루어지는 것이므로 알고 있는 것이 그대로 적용되어 발전 속도가 상당히 빠르옵니다.

알고 있는 것이 순리이며 모든 일이 순리대로 된다는 뜻인지요?

그러하옵니다. 진화 정도에 따라 다르나 대부분의 별들이 지구와 같이 억지로 어떠한 일을 함으로써 진리에 통하도록 하게 하는 것은 아니옵니다.

이나타께서는 지구에서 가장 좋은 것이 무엇이던가요?

지구의 파장이옵니다.

상당히 복잡할 텐데도요?

그렇습니다. 아주 복잡합니다. 한데 그 파장 중에는 지구에서 발생되는 것도 있사옵고, 우주의 것을 받아서 지구에서 복잡하게 변화하는 것도 있사옵니다.

지구의 파장이 어떤 면에서 그렇게 좋던가요?

예. 어느 우주에 있어도 쉽게 잊을 수 없는 파장이옵니다. 특히 수련이 어느 정도 궤도에 올라 우주의 기운을 다시 받을 수 있게 되면서부터는, 정말로 다른 별들과 서로 비교되는 면에서 압권이었습니다.

어떻게 비교가 되는지요?

지구 기운의 특징은 음양과 오행이 혼재하는 것이며, 이 안에서 만물의 변화가 이루어지고 있다는 것입니다. 이러한 변화는 단순한 기운만 많이 있어서는 불가한 생명의 탄생을 가능케 하였으며, 이 생명의 탄생은 지구의 파장 확대에 상당한 기여를 하였습니다.

우주에는 음양과 오행이 없는지요?

있지만 지구에서처럼 뚜렷한 색깔을 가지고 혼재하지는 않사옵니다.

그러면 별개로 있다는 것인지요?

구분이 명확하옵니다. 일부러 섞지 않는 이상 섞여 있지 않사옵니다. 그러나 섞여 있는 경우에는 완벽히 조화되어 한 가지 기운으로 되어 있습니다. 반쯤 섞여 있는 경우라도 애매한 경우는 없사옵니다.

그렇군요. 이나타께서는 지구의 기운 중에서 어떤 기운이 가장 좋던가요?

어느 한 가지 기운이 좋은 것이 아니고, 모든 기운이 어우러져 있는 것이 좋았습니다. 그것은 우주의 기운과 비슷하였습니다.

2권에 계속됩니다.

한국의 선인들 1

다큐멘터리

1판 1쇄 | 1999년 5월 28일
2판 1쇄 | 2015년 5월 15일

글쓴이 | 문화영
펴낸곳 | 수선재북스
펴낸이 | 김부연
기 획 | 仙서연구실 문선미
편 집 | 仙서연구실 윤지영
디자인 | 김지선 이다나
출판등록 | 2013년 12월 12일(제2013-000333호)
주소 | 서울특별시 강남구 봉은사로 114길 43
전화 | 070-4045-9454 | 팩스 02-6918-6789
홈페이지 | www.ssjbooks.com
전자우편 | ssjbooks@gmail.com

ISBN 979-11-952883-7-3 04810
979-11-952883-9-7 04810(세트)

이 도서의 국립중앙도서관 출판예정도서목록(CIP)은 서지정보유통지원시스템 홈페이지(http://seoji.nl.go.kr)와 국가자료공동목록시스템(http://www.nl.go.kr/kolisnet) 에서 이용하실 수 있습니다.
(CIP제어번호: CIP2015010425)